Bianka Minte-König

Liebestest & Musenkuss

Thienemann

Ein Typ muss her!

»So geht es nicht weiter mit dir!«

Meine Freundin Kati hatte sich in eine Aufgeregtheit hineingeredet, die ich ihrem friedlichen Naturell gar nicht zugetraut hätte. Auch unsere gemeinsame Freundin Hanna wirkte ziemlich genervt, als sie sagte: »Stimmt! Immer wenn wir mit unseren Jungs zusammen etwas unternehmen wollen, bist du das fünfte Rad am Wagen oder du machst nicht mit. Ich finde das total bescheuert!«

»Genau«, trötete Kati ins gleiche Blasinstrument. »Wenn du weiter so als einziger Single in unserer Clique rumhängst, geht noch unsere Freundschaft in die Brüche. Dabei könnten wir als drei Pärchen so tolle Sachen machen …«

Aha! Klar, dass der Wind mal wieder von daher wehte. Seit die beiden sich erfolgreich einen Boyfriend geangelt hatten, war ich plötzlich die Außenseiterin.

»Ja, no boys, no fun«, sagte Hanna und fuhr sich mit der Hand durch ihren kurzen roten Haarschopf.

»Echt, Mila, du könntest dir wirklich allmählich auch einen Freund zulegen«, zog Kati den einzig möglichen Schluss aus dieser Debatte über mein nicht stattfindendes Liebesleben. Worauf Hanna die Stimme senkte, mich scharf ansah und in einem verschwörerischen Mir-kannst-du-es-doch-sagen-Tonfall fragte: »Oder bist du – lesbisch?«

Waaas? Schreiend davonlaufen, das wär's jetzt gewesen. Aber frau war ja stark genug, den Dingen – und seien sie noch so aberwitzig – ins Auge zu sehen. So sagte ich mit der therapeutischen Sanftheit eines Seelenklempners: »Aber, Hanna … müssen wir das hier besprechen? Du weißt doch, dass du die große Liebe meines Lebens bist … das hat mich schwer getroffen, mit dir und Branko …«

Beide schwiegen einen Moment ehrlich verunsichert, weil ich das wohl unheimlich echt rübergebracht hatte. Dann aber brachen sie in prustendes Gelächter aus. Kati knuffte mich in die Seite und Hanna summte *They ain't gonna get us …*

Wir saßen in meinem Zimmer und blätterten in den neuen Lesemappen aus dem Frisiersalon meiner Mutter. Der Tee dampfte in den Schälchen und es hätte ein gemütlicher Nachmittag werden können, wenn … Ja, wenn sie nicht wieder dieses leidige Thema angeschnitten hätten. Ein Freund für Mila – the never ending story! Grausam.

Hatten die beiden denn wirklich nichts anderes im Kopf?

Hatten sie offenbar nicht, denn nachdem sie abgelacht hatten, sah Kati mich mit allerunschuldigsten Blauaugen an und sagte: »Musst einfach mal deine überzogenen Ansprüche der Realität anpassen. Guck dich doch mal um, es gibt genügend Jungs, die dir sofort zu Füßen liegen würden, wenn du es ihnen nur erlauben würdest.«

»Markus zum Beispiel ist doch schon lange scharf auf dich«, meinte Hanna. »Und so übel, wie ich immer dachte, ist der gar nicht. Wie der mich in der Olympia-AG gegen Sprinter in Schutz genommen hat, das war richtig cool. Du solltest es echt mal mit dem probieren.«

Och nö! Bitte nicht Markus! Das war ein ganz kompliziertes Thema, das ich lieber ganz schnell beendete – das wurde ja richtig gefährlich. »Hanna, wie lange kennst du mich jetzt schon? Genau, seit der fünften Klasse, glaube ich …«

Hanna nickte.

»Dann solltest du wissen, dass ich nichts mehr hasse als Achterbahn zu fahren.«

»Achterbahn?«, fragten beide wie aus einem Mund.

»Na ja, was anderes ist die Liebe doch nicht. Rauf, runter, rauf und wieder runter – nix als ein ständiges Auf und Ab der Gefühle. Das sieht frau doch an euch. So einen Liebesstress möchte ich mir nicht antun.«

Protest in allen Tonlagen und Beschönigungen wie: »Alles nicht so schlimm«, »Nachher ist alles noch mal so schön« und »Wirkliche Liebe muss sich halt auch in einer Krise bewähren«.

Aha. Gekriselt hatte es ja bei beiden erst kürzlich ganz heftig und wenn ich nicht wie eine wahre Mutter Teresa ständig der einen oder anderen seelischen Beistand gespendet hätte, wer weiß, ob sie sich nicht vor Verzweiflung hinter einen Zug geschmissen hätten! Nee danke, das musste ich echt nicht haben. Schon gar nicht nach dem, was mir mit Pit Winter passiert war. Ich schob den überaus betrüblichen Gedanken an unseren jungen Referendar schleunigst beiseite. Der war mir im Moment genauso unwillkommen wie der an Markus. Überhaupt! Ich hatte einfach kein Interesse an den Kerlen. Was zum Teufel war daran unnormal? Ich war schließlich erst in der Pubertät und nicht in den Wechseljahren. Kein Grund für Torschlusspanik und völlig unnötig, mich überstürzt einem Jungen an den Hals zu werfen. Es gab nicht den geringsten Anlass, das zu tun und mein mühsam gewonnenes seelisches Gleichgewicht wieder aufs Spiel zu setzen. Und überhaupt … »Woran soll ich eigentlich erkennen, welcher Typ der Richtige ist … und ob er mich wirklich liebt?«

»Wenn du's nicht fühlst, so wirst du's nie erjagen«, flüchtete sich Hanna in ein Goethe-Zitat. Aber nicht bei mir.

»So brauchst du mir nicht zu kommen – alles Ausflüchte. Los, sag's mir, sag's mir direkt ins Gesicht, wenn du es weißt: Woran erkenne ich den Richtigen?«

»Ganz einfach. Daran, dass er dich liebt.«

Aha. Wusste doch, dass es kompliziert werden würde. Aber okay …

»Gut, nehmen wir also mal …«, überlegte ich, »nehmen wir mal Markus …«

Wie auf ein geheimes Zeichen sprangen beide aus den Sesseln und kreischten: »Ich hab's gewusst! Ich hab's immer gesagt!« – »Nein, wie wunderbar! Das ist ja toll!«

Es dauerte, bis ich sie wieder runtergeholt hatte. »Es ist gar nichts. Glaubt mir doch. Ich hab ihn nur als Beispiel genommen, weil ihr doch schon lange der Meinung seid, dass er was von mir will. Ich bin mir da keineswegs so sicher.«

Sie setzten sich wieder und schlürften mit deprimiertem Gesichtsausdruck ihren Tee. Fast taten sie mir Leid.

»Also gut, wenn ihr so schlau seid: Wie würde ich rauskriegen, ob er es ernst meint? Falls er es ernst meint?«

Beide sahen mich betroffen an. Das war in der Tat die Frage aller Fragen. Vom Anbeginn der

Menschheitsgeschichte an hatte sie viele Beantwortungsversuche, aber nie die ultimative Antwort erfahren. Hatte Adam sich aus Liebe an Eva rangemacht oder war er nur scharf auf etwas Frischobst? Das war die wirklich wichtige Frage des Lebens und keiner wusste eine Antwort darauf. Die beiden mit ihren Freunden nicht und am allerwenigsten natürlich ich.

Für Kati gab es nur einen Ausweg aus dieser Zwickmühle. »Soll ich dir die Karten legen?«, bot sie freundlich und selbstlos mit einem Griff ins esoterische Schatzkästlein an. Ach du geföhnte Gruftimaus!

»Nicht lieber Pendeln oder Kaffeesatz lesen?«

Hanna lachte. Sie kannte meine tiefe Abneigung gegenüber jedem übersinnlichen Schnickschnack. »Also ich glaube, da gibt es nur eins: Du musst den Jungen auf die Probe stellen.«

»Du meinst …?« Mir kam eine verwegene Idee.

»Genau! Mach einen Liebestest!«

Schrill! Ich wusste schon, warum ich mit den beiden befreundet war. So verrückt war sonst niemand im Umkreis von dreißig Meilen. Von meiner Mutter mal abgesehen, aber die war in der Sache aus verschiedenen Gründen keine Hilfe.

Ein Liebestest! »Liebestest?«, fragte ich kichernd. »Wie, bitte schön, soll das denn gehen? Soll ich ihm ein Fieberthermometer in die Hose stecken und gucken, ob er heiß ist?«

Kati bekam einen roten Kopf und hielt sich die Hand vor den Mund, ohne jedoch ihr prustendes Gelächter unterdrücken zu können. »Nein wirklich, Mila!«

Auch Hanna hatte mein loser Spruch etwas aus dem Gleichgewicht gebracht. Um sie wieder zu stabilisieren, machte ich einen etwas gesitteteren Vorschlag. »Oder soll ich vielleicht einen Fragebogen machen? *Liebst du mich? Kreuze an: ja, nein, vielleicht, von Herzen, mit Schmerzen, unsterblich …«*

Kati strich sich eine Strähne ihres blonden nachwachsenden Haars aus der Stirn. »Du nimmst uns nicht ernst. So hat Hanna das bestimmt nicht gemeint.«

»Nicht? Ach! Wie denn dann?« Ich sah Hanna mit gespielter Neugier an. Der wurde mein herausfordernder Blick jedoch unangenehm und sie beugte sich vor und beschäftigte sich mit dem Tee. Langsam goss sie ihr Teeschälchen so voll, dass es bei der kleinsten Bewegung überschwappen musste.

»Also, so konkret habe ich mir da noch gar keine Gedanken zu gemacht …«, sagte sie dabei langsam.

Na prima! Anderen Leuten Ratschläge erteilen, ohne überhaupt einen Schimmer zu haben, wie sich die in die Praxis umsetzen ließen. »Okay«, sagte ich großmütig. »Vergessen wir es. War sowieso ’ne Schnapsidee.«

Nur blöd, dass mich diese Schnapsidee nicht mehr ruhen ließ.

Wie eine Kakerlake aus einem Terrorterrarium verfolgte sie mich bis in meine Träume. Und ich konnte mir auch erklären warum. Seit Monaten knabberte ich an einer Liebeserklärung, die mir ein Junge im Zustand offensichtlicher Unzurechnungsfähigkeit gemacht hatte. Ich fragte mich, ob er die wohl bei vollem Bewusstsein und klarem Verstand auch gemacht hätte?

Und selbst wenn … ich war mir absolut nicht sicher, ob ich ausgerechnet von ihm einen Liebesschwur hören wollte.

Denn dieser Junge war niemand anders als unser größter Klassenmacho – Markus!

In dieser Nacht hatte ich wie so oft in letzter Zeit einen ziemlichen Albtraum. Ich jagte auf dem Rücken eines wilden Gauls um eine Zirkusmanege. In der Mitte stand unser ehemaliger Referendar Pit Winter wie ein Dompteur und trieb mit einer Peitsche das Pferd in eine immer schnellere Gangart. Assistiert wurde er von Vanessa, unserer Klassenzicke, die kichernd rief: »Wer nicht reiten kann, soll nicht auf Pferde steigen!«

Merde, dachte ich und klammerte mich in der Mähne fest. Lange konnte ich mich bei dem Tempo nicht mehr auf dem Gaul halten. Ich merkte, wie die Kraft in meinen Fingern nachließ und ich mehr und mehr in Schieflage geriet. Es war nur noch eine Sache von Sekunden, dass ich vom Pferd fallen würde. Da hörte ich plötzlich von oben aus der Zirkuskuppel einen Ruf: »Mila, ich komme!«

Dann spürte ich auch schon unmittelbar neben mir einen Luftzug und ehe ich recht begriff, was geschah, schwang Markus, wie Tarzan mit der Liane, an einem Trapez hängend über mich hinweg. Im Flug schlang er die Arme um mich und zog mich vom Pferd. Gerettet!

Schweißgebadet wachte ich auf. Ich griff nach dem Wasserglas auf meinem Nachttisch und trank es in einem hastigen Zug aus. Es war wirklich zu dumm, dass Pit Winter und Markus immer noch in meinen Träumen herumspukten.

Gut, bei Pit Winter war die Sache ja halbwegs verständlich, denn schließlich war ich noch vor wenigen Monaten total verknallt in ihn gewesen. Bis ich herausbekam, dass er ausgerechnet mit meiner Mutter was angefangen hatte. Wie gemein. Dabei hatte ich ihm ein wunderbares Liebesgedicht geschickt und sie – sie hatte ihm bloß die Haare geschnitten.

Wie mies Männer doch sein konnten! Jedenfalls war er bei mir total unten durch. Im Kopf jedenfalls. Aber das Herz des Menschen ist ein trügerisches Ding. Es liebt selbst dann noch, wenn die Liebe ganz und gar aussichtslos ist. Und realistischen Argumenten war es schon mal ganz und gar nicht zugänglich!

Da half nur eiserne Disziplin. Jeder Gedanke an Pit Winter musste sofort verscheucht werden. Tagsüber gelang mir das ja auch ganz gut, aber nachts, wenn das Unterbewusstsein die Oberhand gewann, dann brachen offenbar meine widersprüchlichen Gefühle für ihn immer wieder auf und Liebe und Hass machten sich in den absurdesten Traumbildern Luft.

Ich goss Wasser nach und trank noch einmal einen großen Schluck.

Mit Markus war es im Grunde nicht anders.

Schon seit der siebten Klasse waren wir wie Hund und Katz. Er hatte die vorlauteste Klappe der Jungs und ich die frechste Schnauze der Mädchen. Klar, dass wir da immer mal wieder aneinander gerieten. Aber seit der Achten gingen mir dann seine Machosprüche so was von auf den Keks, dass kaum ein Tag verging, ohne dass er mich auf die Palme brachte. Dabei war er ja wirklich ein echt gut aussehender Typ und er wurde von vielen Mädchen aus der Schule angegraben. Besonders natürlich von dieser Zimtzicke Vanessa. Die stand ja so auf

Pferde und dachte wohl, sie könnte sich mit Markus auch gleich seinen Reiterhof an Land ziehen.

Der war echt beeindruckend, der Hof, und mit leichtem Grusel dachte ich an unsere letzte Klassenfahrt, die wir mit Pit Winter dorthin unternommen hatten. Schließlich hatte sie mich an den Rand des Wahnsinns und Markus mit einer fetten Platzwunde am Kopf ins Krankenhaus gebracht.

Auf ebenjener Klassenfahrt waren auch die denkwürdigen Worte von Markus gefallen, die ich unter normalen Umständen als Liebeserklärung verstanden hätte. Aber wenn's jemand sagte, dessen Schädel grade einen Tritt von einem Pferd abbekommen hatte, dann konnte das doch nicht ernst genommen werden. Oder?

Ich hatte mich jedenfalls erst mal neutral verhalten und er, nachdem er wieder aus dem Krankenhaus gekommen war, auch. Darum war es mir total schleierhaft, warum Hanna und Kati mir immer wieder was mit ihm andichten wollten.

Ich kuschelte mich unter meine Bettdecke und schloss die Augen. Das Schicksal war irgendwie ungerecht, fand ich. Warum konnte es denn nicht umgekehrt sein? Pit Winter machte mir eine Liebeserklärung und Markus … Meine Gedanken stockten. Nee, das wurde auch nichts. Was sollte meine Mutter denn mit einem pubertierenden Möchtegern-Macho anfangen – außer ihm gelegentlich die Haare zu schneiden?

Mit einem Grinsen auf den Lippen schlief ich ein.

Als ich am nächsten Morgen im Bus zur Schule saß, musste ich noch einmal an die Nacht denken. Mein Kopf war klar und die Vernunft hatte wieder die Oberhand. Alles lag nun schon einige Monate zurück und eigentlich sollte Gras darüber gewachsen sein. Pit Winter war aus meinem Leben verschwunden und an eine andere Schule in unserem Nachbarort gewechselt und Mama hatte sich offenbar auch wieder von ihm getrennt. Jedenfalls schleppte sie ihn nicht mehr zu uns nach Hause, um ihn zu bekochen!

Das half mir, meine Gefühle einigermaßen zu sortieren.

Und was Markus anging, so war er nie wieder auf seine merkwürdige Liebeserklärung zurückgekommen und ich würde ihn gewiss nicht darauf ansprechen. Mir reichten die Schuldgefühle, die mich jedes Mal überkamen, wenn ich die fette Narbe auf seiner Stirn sah. Die hatte er schließlich nur, weil er mich von einem durchgehenden Gaul hatte retten wollen.

Na ja, Schwamm drüber. Ich hatte ihn schließlich nicht drum gebeten.

Wenn ich gehofft hatte, das Thema Liebestest hätte sich bei meinen Freundinnen erledigt, so irrte ich. Hanna hatte offenbar die ganze Nacht nichts anderes zu tun gehabt als darüber nachzudenken. Als wir uns vor der Schule am Altstadtmarkt trafen, hatte sie nämlich schon wieder jede Menge Vorschläge parat.

»Nehmen wir mal an, also wirklich nur mal angenommen, Markus wäre echt in dich verknallt, da wäre so ein Liebestest doch ziemlich einfach durchzuführen ...«

Ich unterbrach sie brutal, denn auf das Thema hatte ich vor der Schule nun überhaupt keinen Bock. Schon gar nicht nach dieser Nacht.

»Da schon die Grundannahme falsch ist, kannste den Rest auch vergessen: Zwischen mir und Markus läuft null und nichts.«

Jedenfalls nicht offiziell, fügte ich in Gedanken hinzu. Schließlich wusste ja niemand von seinem seltsamen Liebesgeständnis und ich würde den Teufel tun, es jemandem zu erzählen, schon gar nicht meinen geschwätzigen Freundinnen.

»Aber es wäre so einfach, wirklich. Willst du es nicht wenigstens mal versuchen?«

Ich blieb hart. »Nein!«

»Vielleicht lieber mit einem anderen Jungen?«, schlug Kati vor, die am Schultor zu uns gestoßen war.

»Nein, auch mit keinem anderen Jungen!« Mit wem denn auch? Kiwi oder Knolle vielleicht?

»Wie wäre es mit Kiwi oder Knolle?«, sagte Hanna doch tatsächlich, aber ich merkte an ihrem frechen Grinsen, dass sie das nicht ernst gemeint hatte.

Kati checkte das natürlich und setzte noch eins drauf. »Klar, das wären doch prächtige Versuchskaninchen ... Zumal frau sich bei denen überhaupt nicht denken kann, wie der Test ausgeht.«

Ich stieß sie freundschaftlich in die Rippen. »Mensch, Kati! Die lieben doch nur sich!«

Kati sah mich leicht irritiert an. »Du meinst, die sind – schwul?«

»Nein, natürlich nicht. Ich meinte nicht, dass sie sich gegenseitig lieben, sondern dass jeder von ihnen ziemlich selbstverliebt ist!«

»Ach so«, meinte Kati und es schien, als hätte sie ihre Variante bei weitem spannender gefunden.

Im Treppenhaus stießen wir mit Markus zusammen, der grade drei Stufen auf einmal nehmend zur Klasse hetzte. Er war schon ein wirklich gut aussehender Typ, sportlich, intelligent und die Mädchen lagen ihm scharenweise zu Füßen.

»Na, mal Tempo, das Kaffeekränzchen!«, rief er in Anspielung auf einen Standardspruch unseres Mathelehrers. »Es hat schon zum zweiten Mal geläutet. Rumpelstilzchen macht euch ein!«

Da hatte er zweifellos sogar mal Recht. Wir schwangen alarmiert die Hufe. Aber zu spät. Im oberen Flur sahen wir Markus gerade noch in die Klasse schlüpfen, als Rumpelstilzchen auch schon vor der Tür stand. Mist, damit war für uns der Durchgang versperrt.

Demonstrativ baute sich Rumpelstilzchen vorm Klassenzimmer auf, schaute auf seine Taschenuhr und legte die Stirn in Falten. Na toll. Das war ja mal wieder ein traumhafter Start in den Tag.

»Mila, Hanna, Kati! Habt ihr auf euren Ohren gesessen oder habt ihr den Unterrichtsbeginn einfach nur verquasselt?«

Mit gesenkten Köpfen drückten wir uns an ihm vorbei in die Klasse und hofften, dass es ohne Strafarbeit abgehen würde.

Ging es natürlich nicht. Kaum war er nach uns in die Klasse getreten, donnerte er schon los: »Holt euch nach der Stunde eine Sonderaufgabe ab!«

Markus grinste, als ich mich an meinen Platz quetschte. Blödkopf, auch noch schadenfroh? Und ausgerechnet dieser Typ sollte in mich verknallt sein? *It's unbelievable!*

Ich versenkte mich in Rumpelstilzchens kryptisches Tafelbild und fragte mich, bei welchem Archäologen er wohl Unterrichtslehre studiert hatte. Wenn der so den nächsten Mathetest aufbaute, würde ich völlig ablosen.

Ich war froh, als es zur kleinen Pause bimmelte,

in der Kati gleich, nachdem wir unsere Sonderaufgabe erhalten hatten, empört losschimpfte: »Dieser blöde Typ! Was soll denn an diesen Strafarbeiten wohl pädagogisch wertvoll sein!«

Hanna war genauso sauer. »So ein Mist. Ich wollte doch mit Branko ins Kino gehen.«

Tobi, Katis neue Liebe, gesellte sich zu uns.

»He, Tobi, du bist doch auch Klassensprecher. Wollen wir nicht mal was gegen Rumpelstilzchens Willkürakte unternehmen?«

Er schüttelte den Kopf. »Was denn? Er ist doch ein schulbekannter Schülerschreck. Den werden wir erst los, wenn er pensioniert wird.«

»Und wann ist das?«

Tobi zuckte ratlos die Schultern und Kati seufzte: »Hoffentlich bald!«

Na, wenigstens ein kleiner Hoffungsschimmer.

Nach der Pause hatten wir Deutsch bei unserer Klassenlehrerin Frau Kempinski. Als frisch gebackene Mutter war sie um diese Zeit meistens noch völlig unausgeschlafen. Bestimmt hatte sie auch heute Nacht wieder zigmal gestillt und dann ihr Baby, das unter Dreimonatskoliken litt, stundenlang durch die Wohnung getragen.

Mach dein Bäuerchen, komm, Schätzchen, mach dein Bäuerchen!

Wir waren immer die Ersten, bei denen sie ihren Frust abließ, und so bereitete ich mich geistig bereits auf einen weiteren Vortrag über Verdauungsprobleme von Säuglingen vor, als alles ganz anders kam.

Wir hatten kaum an unseren Schultischen Platz genommen, als sie für die zweite Blockstunde einen Gast ankündigte. »Wetten, ihr ratet nicht wen!«

Oder doch?

Offenbar hatte ich hellseherische Fähigkeiten. Es war nämlich niemand anders als Pit Winter! Genau! Der Pit Winter aus meinem Traum! Unser ehemaliger Referendar. Gerade war ich noch froh darüber gewesen, dass ich ihn nicht mehr sehen musste, und nun das! Pit Winter bei uns in der Klasse.

»Was will der denn hier?«, zischelte ich Kati zu.

Die zuckte mit den Schultern und wisperte: »Keine Ahnung. Frag Hanna mal.«

Aber Hanna musste auch passen. Ich starrte zu Markus hinüber.

Aber der warf gerade Papierkügelchen aus dem Fenster. Meine Herren, wenn das Frau Kempinski sah, gab's 'ne Runde Schulhoffegen gratis.

Sie sah es.

»Ach, Markus!«, sagte sie in ihrer charmanten Art. »Nett, dass du dich heute zum Schulhoffegen anbietest. Hol dir nach der letzten Stunde den Besen vom Hausmeister.«

Markus stellte die Produktion von Papierkügelchen ein und Brian, unser Freestyle-Rapper, grinste schadenfroh. Die beiden waren sich immer noch nicht grün. Zack!, flog Brian die letzte Papierkugel von Markus an die Rübe. Peace, Leute, jetzt bloß keinen Zoff!

Mein Blick begegnete dem von Markus. Holla! Was sah der Typ mich mal wieder intensiv an! Jetzt lachte er auch noch frech. Und zack!, flog auch eine Papierkugel auf meinen Schultisch. Mensch, Markus, dachte ich noch, als Frau Kempinski wie von der Tarantel gestochen hochfuhr, mit zwei Schritten zu Markus eilte und sich vor seinem Tisch aufbaute.

»Ich habe mich wohl nicht deutlich genug ausgedrückt«, sagte sie nun gar nicht mehr charmant. »Wenn du die Störungen des Unterrichts nicht einstellst, kann ich auch ungemütlich werden.«

»Das glaube ich Ihnen unbesehen«, sagte Markus und sah Frau Kempinski bei dieser Frechheit direkt ins Gesicht. »Wieder ’ne harte Nacht gehabt?«

War der noch bei Trost? Knolle kicherte hinter vorgehaltener Hand und auch Kiwi ließ ein merkwürdig glucksendes Geräusch ab.

»Hier wird nicht gekichert!«, sagte Frau Kempinski und ihre Stimme klang nun drohend. »Ruhe, ihr zwei, oder ihr könnt Markus nachher beim Hoffegen Gesellschaft leisten.«

Das Kichern und Glucksen verwandelte sich in ein unterschwelliges Prusten, das allerdings vom Schrillen der Pausenklingel übertönt wurde.

Glück gehabt.

Und dann stand er – Pit Winter oder Piwi, wie sein Spitzname war – plötzlich im Rahmen der Klassentür. Genauso wie damals, bei seinem ersten Auftritt, als er die Vertretung für unsere schwangere Klassenlehrerin übernommen hatte. Ich hatte ihn für einen Oberstufenschüler gehalten und mich auf den ersten Blick in ihn verliebt. Dass ausgerechnet meiner Mutter das Gleiche passieren würde, konnte ich ja wohl nicht ahnen! Shit! Merde! Moosgummi!

Und nun stand er ganz genauso jungenhaft wie damals da und grinste uns an. Dabei hatte ich ihn nie, nie, nie mehr wiedersehen wollen! Nie im Leben!

Tja, half ja nun nix. Konnte ja nicht die ganze Stunde die Augen zumachen. Käme sicher irgendwie seltsam und Frau Kempinski würde bestimmt peinliche Fragen stellen: »Mila, schläfst du etwa?« ,

»Jetzt wach aber mal langsam auf, Mila!« oder »Ist mein Unterricht so einschläfernd?«.

Eins interessierte mich außerdem doch: Was wollte Piwi überhaupt hier, wo er doch inzwischen längst Lehrer an einer Schule in unserem Nachbarort war?

Die unausgesprochene Frage wurde nach der Begrüßung durch Frau Kempinski gleich beantwortet.

»Ihr habt euch sicher schon gefragt, was aus der Klassenfahrt nach Berlin geworden ist, die wir bei dem Schüler-Lehrer-Quiz gewonnen haben«, sagte Frau Kempinski.

»Stimmt!«, rief Kiwi in die Klasse.

»Also, um es kurz zu machen, die Klassenfahrt steht euch natürlich noch zu und der Sender übernimmt auch wie versprochen die Kosten. Es gibt nur ein Problem …«

»Und das wäre?«, fragte Markus vorlaut.

»Ich kann nicht mit euch fahren«, sagte Frau Kempinski. »Ich kann doch mein Baby noch nicht so lange allein lassen! Ihr wisst ja, ich stille noch.«

Ach. Konnte ihr Baby nicht mal ein paar Tage aus der Flasche trinken?

Uups! Hatte ich das eben laut gedacht? Jedenfalls antwortete Frau Kempinski. »Nein, zwischendurch mal die Flasche, das geht nicht. Daran ist das Kind nicht gewöhnt und es würde frühzeitig abgestillt. Aber das ist nun kein Problem mehr, denn freundlicherweise hat sich Herr Winter bereit erklärt, die Klassenfahrt mit euch durchzuführen.«

Ich fühlte, wie mir das Blut in die Beine sackte.

»Ich fahr nicht mit!« Ach, du liebes Lieschen! Was blubberte ich denn da schon wieder in die Gemeinde! Natürlich würde ich nicht mitfahren, aber das ging doch vorerst niemanden etwas an. Ich würde eine Entschuldigung vorlegen und fertig. Tja, das hatte ich mir nun wohl vermasselt.

Erst mal gingen natürlich meine beiden Freundinnen Hanna und Kati ab. »Wieso, du fährst nicht mit?«, wollte Hanna wissen. Und Kati bestimmte schlicht: »Natürlich fährst du mit.«

»Dem kann ich mich nur anschließen«, mischte sich nun auch noch Piwi ein. »Immerhin hast du ja maßgeblich zu dem Gewinn beigetragen.«

Das sah ich zwar nicht ganz so, aber auch Markus meinte sofort: »Warum willst du nicht mitfahren? Das wird doch bestimmt mega in Berlin!«

Und bei diesen Worten sah er mich doch tatsächlich irgendwie richtig lieb an.

Ich schüttelte mich innerlich. Klar würde das mega. Mega-grauenvoll! Mit den beiden auf Klassenfahrt, das konnte doch nur im Chaos enden. Aus einem unerfindlichen Grund schoss mir bei Markus' Anblick Hannas Liebestest durch den Kopf. Ich musste kichern.

Klar hatte Piwi es gleich wieder gehört und fragte sofort: »Na, an was denkst du denn so Lustiges, Mila? An die Quizshow?«

»Nee.« Ich schüttelte den Kopf und dann rutschte es mir völlig ungewollt heraus: »An einen Liebestest!« Ach du liebes Lieschen!

Pit Winter kriegte eine total rote Rübe, guckte unmotiviert in die linke obere Raumecke und stotterte: »Ähm, ja, ähm, sehr lustig ...«

Hanna und Kati prusteten los und Frau Kempinski, die natürlich überhaupt nichts raffte, schaute fragend zwischen Pit Winter und mir hin und her.

Kiwi, diese Dumpfbacke, hatte dann mal wieder

als Einziger den Durchblick. »Ui, ui, Mila ist in Pit Winter verknallt!«

Erde tu dich auf und verschlinge mich! »Halt die Klappe, du Idi!«, zischte ich Kiwi an und ehe ich noch hinzufügen konnte, dass ich ihn bei jedem weiteren Wort erwürgen würde, kam Markus mir zuvor.

»Shut up!«, sagte er in drohendem Tonfall und mit ungebremster Lautstärke zu Kiwi. »Sonst erzähl ich mal, in wen *du* verknallt bist!«

»In wen denn?«, begehrte unsere Klassentorte Vanessa zu wissen. Die war hinter jedem Gerücht her wie der Teufel hinter Daniel Küblböck.

»In Kathy Price!«, grölte Knolle in die Klasse. »Das heißt, eigentlich in ihre Möpse!«

Worauf Kiwi ihm sein Federmäppchen auf die Rübe donnerte und beide von Frau Kempinski aus der Klasse geschickt wurden.

»Ihr könnt wieder reinkommen, wenn ihr aus dem Dschungel zurück seid«, sagte sie streng.

Unter allgemeinem Gelächter schlichen sie aus der Klasse.

Und dann passierte es tatsächlich. Der Termin für die Berlinfahrt wurde festgelegt und alles dafür Erforderliche besprochen.

Eine Komplikation gab es noch, als Markus mit einem so merkwürdigen Blick auf Brian irgendwann sagte: »Es können aber nur Leute mitfahren, die in der letzten Klasse schon da waren. Nur die haben die Fahrt gewonnen.«

Es war offensichtlich, dass er damit von vornherein Brian ausschließen wollte, der ja erst vor kurzem in unsere Klasse gekommen war und den er offenbar immer noch als Konkurrenten betrachtete.

»Brian kann meinen Platz haben«, sagte ich

spontan, eine letzte Chance witternd, dieser Fahrt mit Piwi doch noch zu entgehen. Aber ich hoffte vergebens.

Zwar starrte mich Markus in höchster Verblüffung und ausnahmsweise mal sprachlos an, doch Frau Kempinski sagte sofort: »Das ist nett, Mila, aber nicht nötig. Natürlich fährt Brian mit. Das mit den Kosten regeln wir dann schon.«

Und Piwi stimmte sofort zu.

So nahm das Schicksal mal wieder seinen Lauf, ohne mich im Geringsten zu fragen, ob mir denn die Richtung passte, in die es rannte.

Tat sie natürlich ganz und gar nicht. Was um Himmels willen sollte ich auf einer Klassenfahrt bloß mit Piwi anfangen? Und während ich ihn da am Lehrertisch stehen sah, konnte ich weiß Gott nicht behaupten, dass ich über meine verliebte Schwärmerei wirklich schon vollkommen hinweg war. Nie, nie hatte ich ihn wiedersehen wollen und nun das! Tagelang mit ihm auf Klassenfahrt.

Es half nichts, ich musste krank werden und mir ein Attest geben lassen. Diese Fahrt konnte und wollte ich nicht mitmachen.

Irgendwie hatte mich wohl die unverhoffte Begegnung mit Pit Winter im Zusammenhang mit meinem merkwürdigen Traum ziemlich unter Stress gesetzt. So kam es, dass ich mich in den nächsten Stunden überhaupt nicht mehr auf den Unterricht konzentrieren konnte. Mrs Muddle, unsere Englischlehrerin, kriegte das zuerst zu spüren, als sie mich zum Übersetzen drannahm.

»Wo sind wir?«, fragte ich Hanna leise, aber als die ihren Zeigefinger in mein Buch legte, kriegte es Mrs Muddle prompt mit und rüffelte uns beide.

»Ich kann dir nur empfehlen, Mila, in Zukunft besser aufzupassen. Deine bisherigen Leistungen sind nicht so glänzend, dass du es dir leisten kannst, den Rest des Schuljahres zu verschlafen.«

»Äh, ich schlafe nicht, das sieht nur so aus – ist 'ne Art Wachkoma …«, stotterte ich. Womit mein Mund mal wieder deutlich schneller als mein Verstand war. Shit aber auch. Meine vorlaute Schnauze würde mich noch mal in Teufels Küche bringen.

Zunächst brachte sie allerdings nur Mrs Muddle auf hundertachtzig. Sie zog ihr Notenbüchlein raus und sagte giftig: »Sechs! Sag bitte deiner Mutter, dass ich sie sprechen möchte. Deine mündliche Mitarbeit lässt mehr als zu wünschen übrig!« Oh nein, was hatte ich mir da wieder eingebrockt?

»Wirst du denn nie deine Klappe halten können?«, schimpfte Hanna auf dem Weg zur Turnhalle mit mir.

»Ich arbeite ja dran«, sagte ich geknickt. »Im Übrigen ist es aber gemein, nur weil sie sich über mich geärgert hat, mir so eine schlechte Note zu geben.«

»Du kennst sie doch, das macht Mrs Muddle doch immer so. Also halt dich einfach mal ein bisschen zurück.«

Ich versprach es, aber der gute Vorsatz ließ sich leider nicht so leicht in die Tat umsetzen. Und das war nun wirklich nicht alleine meine Schuld.

Sportlehrer Sprinter kam nämlich schon total geladen aus seiner Kniebeißer-Stunde, als Vanessa ihm auch noch sagte, dass sie wegen ihrer Periode nicht mitturnen könnte.

»Dann hilf wenigstens mit, die Matten hinzulegen«, fuhr er sie barsch an.

»Aber das ist ja genauso anstrengend«, maulte

sie. Und das war offensichtlich zu viel. Sprinter fuhr aus der Haut. Er brüllte erst sie und dann uns in Grund und Boden, wobei eine ganze Menge wenig schöner Ausdrücke und frauenfeindliche Beleidigungen die hochelektrisierte Luft verpesteten. Das Ganze gipfelte darin, dass Vanessa einen Heulkrampf bekam und Sprinter sie eine hysterische Kuh nannte.

»Meine Mutter ist im Elternbeirat«, kreischte sie daraufhin los. »Das wird ein Nachspiel für Sie haben.« Und gefolgt von ihrer Busenfreundin Carmen rannte sie heulend in die Mädchenumkleide.

Der Rest der Klasse war der dramatischen Inszenierung sprachlos gefolgt, aber nun fühlten sich Hanna und Tobi als Klassensprecher gefordert. Ich sah, wie sie kurz miteinander tuschelten.

»Herr Sprinter«, ergriff Hanna das Wort, »im Namen der Mädchen in dieser Klasse möchte ich Sie bitten, etwas mehr Rücksicht darauf zu nehmen, wenn jemand seine Tage hat. Wir finden es nicht gut, wenn sie das zum Thema einer solchen Auseinandersetzung machen, wie wir sie eben erleben mussten.«

Hatte die aber Mut. Chapeau!

Sprinter starrte sie an wie eine Geistererscheinung. Dass ihm jemand so klar die Meinung sagte, das war er nicht gewohnt. In der miesen Atmosphäre, die er in seinem Unterricht verbreitete, traute sich normalerweise keiner etwas anderes zu tun als zu kuschen. So hatte man wenigstens Ruhe vor ihm.

Nun arbeitete es mächtig hinter seiner Stirn. Man sah es daran, dass sich seine Augen zu schmalen Schlitzen verengten und er den Mund zu einem harten Strich zusammenkniff. Arme Hanna, konnte ich nur denken. Auf die würde sich gleich ein mega Gewitter entladen. Und tatsächlich, schon krachte der erste Donnerschlag los.

»Ah, unser verhinderter Superstar! Das Mädchen mit dem Blech in der Kehle und dem Blei in den Beinen.«

Kiwi und Knolle und noch ein paar andere Pansen lachten. Aber die lachten ja über alles und wenn's die stinkendste Gülle war.

Hanna wurde blass und ich mega-sauer. Auch ein Lehrer konnte sich nicht alles erlauben. Das war jetzt wirklich zu dreist.

»Nicht, Mila!«, versuchte Kati mich noch zu stoppen, aber ich konnte dieses arrogante Benehmen einfach nicht mehr ertragen. Ich drängte Hanna zur Seite und baute mich zornbebend vor Sprinter auf. Der Typ hatte uns genug getriezt, jetzt war die Stunde der Abrechnung gekommen. Ähm, ja, also … Als ich da so direkt vor ihm stand, Aug in Aug mit seinem finsteren Blick, da wurde mir dann aber doch plötzlich ganz anders. Was hatte ich ihm eigentlich sagen wollen?

Ich fühlte, wie meine Beine zu zittern begannen und meine Kehle durch einen Kloß von der Größe eines Germknödels verstopft wurde. Liebes Lieschen. Konnte Mila-Schnauze denn nicht mal aufhören, sich ständig ungebeten in anderer Leute Angelegenheiten zu mischen? Hanna hatte die Sache doch ganz gut angefangen, die hätte sie bestimmt auch anständig zu Ende gebracht. Stattdessen stand ich nun hier wie ein aufgezogenes Kistenteufelchen und schrie: »Böser Herr Sprinter, böser, böser Sportlehrer!« NEIN! Wie peinlich! Da hatte ich wieder mehr wegbeißen wollen, als ich kauen konnte.

Unverhofft kam mir Markus zu Hilfe. Hanna

hatte bei ihm aus irgendeinem mir unbekannten Grunde einen Stein im Brett und so war es verständlich, dass er Sprinters Beleidigung nicht auf ihr sitzen lassen wollte.

»Herr Sprinter, mit Beleidigungen kommen wir wohl kaum weiter«, sagte er erstaunlich ruhig. »Was ist das Problem, wenn wir etwas mehr auf die Bedürfnisse der Mädchen Rücksicht nehmen?«

Aber Sprinter war nicht zu erreichen. »Ich mache keinen Sportunterricht für Weicheier!«, knurrte er. Dann drehte er sich abrupt um und verließ mit langen Schritten die Turnhalle.

Hallo? Konnte denn der so einfach abhauen? Was war mit seiner Lehrverpflichtung? Na, mir sollte es egal sein. Erleichtert seufzte ich auf. Ich war gerettet.

»Ich werde eine Eingabe beim Direx machen«, sagte Hanna. »Der soll uns Mädchen eine Sportlehrerin geben.«

»Genau«, stimmte Kati ihr zu, »wenn Sprinter uns weiter so behandelt, lasse ich mich ganz vom Sportunterricht befreien.«

In der Mädchenumkleide wurde dann beschlossen, dass Hanna eine Unterschriftenliste herumgehen lassen sollte, in die sich jeder eintragen konnte, der für uns Mädchen Sport bei einer Sportlehrerin forderte. Die Liste wollten wir dann dem Direx präsentieren und so unserer Forderung den nötigen Nachdruck verleihen.

Vanessa hatte mit rot geheulten Augen unsere Diskussion verfolgt. Nun sagte sie einigermaßen getröstet: »Du kannst sicher sein, Hanna, dass ich mich als Erste auf die Liste schreibe!«

Na denn! Ich war gespannt, was das bringen würde.

Zu Hause ging der Stress gleich weiter.

Völlig überraschend traf ich Mama im Flur an und neben ihr stand offensichtlich fertig gepackt ihre Reisetasche. Das war ungewöhnlich, denn gerade am Freitagnachmittag war doch in ihrem Frisiersalon immer besonders viel Betrieb.

»Was liegt an?«, fragte ich daher erstaunt, warf meinen Rucksack auf die Garderobenbank und quetschte mich an ihrem Gepäck vorbei in die Küche. Ich nahm mir einen Saft aus dem Kühlschrank und hockte mich an den Küchentisch.

Sie setzte sich mit allen Anzeichen der Hektik zu mir, goss sich ebenfalls ein Glas ein und stürzte es in einem Zug hinunter. Unter keuchendem Husten röchelte sie: »Ich muss übrigens gleich weg.« Hust! Keuch!

»Hab ich schon vermutet. Wieso denn das?«

»Eine plötzliche Dienstreise.«

»Dienstreise? Musst du einer Stammesfürstin in Timbuktu die Haare machen?«

Sie grinste. »Nee, ist eine Produktvorführung auf der Head-and-Hair-Messe in Düsseldorf. Ein bisschen Weiterbildung ...«

»Düsseldorf! Messe! Klasse, da komme ich mit!«

Messen fand ich ja obercool. Da stand ich echt drauf. Da war immer was los. Voll stylish und es gab jede Menge Pröbchen abzustauben.

Mama schien nicht begeistert. »Äh, also, das wird diesmal ziemlich stressig, ich würde da gar keine Zeit für dich haben und ... es wäre, glaube ich, auch besser, wenn du dich mal ein bisschen um deine Schulsachen kümmern würdest ... ähm ... ja ...«

Meine Schulsachen kümmern? Seit wann interessierte sie sich für meine Schule? Außer Pit Winter hatte sie doch von der Schule seit Jahren nichts mehr mitgekriegt. Pit Winter? In meinem Kopf bimmelte plötzlich ein ganzes Glockenspiel.

»Du nimmst *ihn* mit!«, rutschte es mir raus.

»Wie bitte?«

»Du nimmst Pit Winter mit zur Messe! Stimmt doch?« Und sauer setzte ich hinzu: »Na, prima! Früher sind *wir* immer zusammen gefahren, aber die Zeiten sind ja wohl vorbei. Dein Lover geht natürlich vor!«

Mama schwieg. Das war ganz klar ein Eingeständnis. Also war sie immer noch mit ihm zusammen. Und was noch schlimmer war, sie zog seine Gesellschaft auch noch meiner vor! Wie gemein! Wie absolut gemein von ihr.

»Ist jetzt überhaupt eine Messe in Düsseldorf oder macht ihr euch einfach nur ein schönes Großstadtwochenende in Kleinparis?«, pampte ich sie wütend an.

Mama starrte unglücklich auf ihr Glas und drehte es in den Händen.

»Mila, du bist ungerecht«, sagte sie mit leisem Vorwurf in der Stimme.

»Ungerecht, ich?« Das konnte ich nun gar nicht finden. »Ist es wirklich zu viel verlangt, wenn du wie andere Mütter auch hin und wieder mal ein Wochenende zu Hause verbringen würdest?«

»Das kannst du gerne haben«, sagte Mama. »Wenn du willst, jedes Wochenende! Ich finde es in unserem Haus auch viel gemütlicher als in irgendwelchen Hotelzimmern. Aber du bist doch selbst immer auf Achse.«

Ich merkte, wie ich zunehmend aggressiv wurde. Mir war klar, dass der Ton, den ich Mama gegenüber anschlug, nicht ganz angebracht war, aber ich konnte mich einfach nicht beherrschen. Ihre Affäre mit Pit Winter ging mir eben viel zu nahe.

»Jedes Wochenende?«, motzte ich sie an. »Willst du ihn etwa mit hierher bringen? Okay, ist ja dein Haus. Aber denk nicht, dass ich dann da bin. Wir hatten doch eine Abmachung: Keine Männer in diesem Haus!«

Mama schwieg. Verdammt, das brachte mich noch mehr auf die Palme. Schließlich stellte sie mit einem Knall das Glas auf den Tisch und stand auf. »Also, Mila, wir müssen sicherlich noch mal über das alles reden. Aber im Moment ändert das nichts. Ich habe den Messebesuch arrangiert und ich bitte dich, das einfach mal zu akzeptieren.«

Sie wollte mir wie immer liebevoll über den Kopf streichen, aber ich drehte mich weg. War ich ein Kleinkind?

»Lad dir doch ein bisschen Gesellschaft ein«, schlug sie in versöhnlichem Ton vor. »Mach dir auch ein schönes Wochenende mit *deinen* Freunden. Ich hätte mich in deinem Alter gefreut, mal eine sturmfreie Bude zu haben.«

Und dann ging sie tatsächlich weg. Schmiss ihr Gepäck in den Sportflitzer und düste einfach ab. Buhuuuu! Und dieser Mistkerl von Piwi würde auf meinem Platz neben ihr sitzen. Wie ich ihn hasste!

Alte Liebe rostet

»Gegen eine betrogene Nacht hätt' ich vielleicht nichts gesacht, aber du hast ja gleich auf Liebe gemacht«, schimpfte Grönemeyer aus meinem CD-Player und sprach mir damit echt aus dem Herzen. Eine gelegentliche Affäre war ich von Mama ja gewöhnt, aber musste sie sich ausgerechnet bei meinem Piwi wie ein verliebtes Schulmädchen aufführen? Vielleicht hätte ich ihr doch von meiner enttäuschenden Erfahrung mit ihm erzählen sollen? Aber what shall's? Es hätte nichts geändert.

Lad dir doch Gesellschaft ein. Püh!

Aber andererseits, warum eigentlich nicht? Wenn meine Mutter es schon selber vorschlug? Ich müsste ja vollkommen mit dem Klammerbeutel gepudert sein, wenn ich diesen Kuhhandel ausschlagen würde.

Ich griff zum Handy und simste eine Blitzeinladung an meine Freundin Hanna.

Heute Abend Spontanfete bei Mila! Bringt eure Freunde, Knabberzeug, Getränke und gute Laune mit. Bitte an Kati weiterleiten!

Als dann Hanna und Kati mit Martin, Branko und Tobi am Abend vor der Tür standen, war ich total happy und hatte meinen Ärger über Mama und Piwi schon fast vergessen.

Dann jedoch klingelten ganz unverhofft weitere Gäste. Und noch mehr Gäste und … Das Klingeln riss überhaupt nicht mehr ab und mit Entsetzen sah ich fast meine ganze Klasse antanzen.

»Woher wussten die von meiner Fete?«, verlangte ich Rechenschaft von meinen Freundinnen.

Hanna sah irritiert auf ihr Handy. »Ich habe deine Nachricht doch nur an Kati weitergeschickt«, sagte sie. »Uups!« Sie stockte und wurde rot. »Ähm, da habe ich wohl einen kleinen Fehler gemacht.«

»Klein? Wie klein?«

»Ich … äh … ich habe, als ich deine Einladung an Kati geschickt hab, aus Versehen eine Sammel-SMS gesendet …«

»Sammel-SMS?«

»Ja, die ist an meinen ganzen Verteiler gegangen, das heißt, ähm, ja … das heißt, deine Einladung ist an alle Leute von der Klassenliste gegangen. Muss ich irgendwie verrutscht sein …«

Ich stand kurz davor auszurasten. Ade, gemütlicher Abend mit Freunden!

»Dann kümmre dich gefälligst auch um die«, schnauzte ich Hanna an. »Du … du … Klassensprecherin!«

Sie kamen alle! Markus, Brian, Kiwi, Knolle, Vanessa … Alle, die wir seit Katis Geburtstagsfeier nie wieder zusammen einladen wollten. Aber ich konnte sie ja schließlich nicht wieder wegschicken und so versuchte ich gute Miene zum grausamen Spiel zu machen. Und grausam wurde es.

Erst war es ja noch ganz witzig und zivilisiert und da unser Haus im Erdgeschoss relativ weitläufig und im Grunde auch pflegeleicht eingerichtet war, verliefen sich die einzelnen Grüppchen und gingen sich nicht gleich auf die Nerven. Martin bewachte die CD-Anlage im Wohnzimmer und sorgte dafür, dass niemand den Fernseher ruinierte, und Hanna und Branko hielten in meinem Zimmer Wache. Da zwei Anlagen liefen, waren auch die unterschiedlichen Musikgeschmäcker zufrieden gestellt, und da fast jeder was mitgebracht hatte, war in der Küche 'ne Menge Futter angehäuft.

Also alles okey-dokey.

»Coole Party«, sagte Brian anerkennend. Er machte neben Martin den DJ und war in seinem Hip-Hop-Schlabberlook immer noch ein optischer Fremdkörper in unserer Klasse.

Ich versuchte mir Markus in seinen übergroßen Baggys vorzustellen. Total albern. Aber Brian sah darin irgendwie cool aus.

»Nett, dass du uns alle eingeladen hast. Hast ja echt tolerante Eltern.«

Ich grinste und nickte. Gut, dass Mama nicht wusste, *wie* tolerant sie war.

Auch Markus kam hin und wieder zu einem Smalltalk bei mir vorbei. Besonders interessierte ihn mein Zimmer.

»Klasse PC«, sagte er und auch meine CD-Anlage und der Fernseher nötigten ihm Respekt ab. Sogar mein Popsofa fand er okay und fläzte sich da auch gleich drauf.

»Setz dich doch auch«, sagte er und machte eine einladende Geste. Danke, sehr freundlich, er hielt sich ja wohl voll für den Hausherrn!

»Es ist *mein* Sofa«, rückte ich dezent die Besitzverhältnisse wieder klar. »Aber du darfst dich gerne darauf breit machen. Mein Haus sei dein Haus.« Hach, was war ich doch für eine gute Gastgeberin.

Er grinste und dann sagte er doch ziemlich frech: »Ich kann mich nicht erinnern, dass *du* erst nach einer Erlaubnis gefragt hast, als du dir *mein* Pferd geschnappt hast und wie eine Wahnsinnige in die Botanik galoppiert bist. Hättest du es getan, müsste ich jetzt nicht ein Leben lang mit einer Narbe an der Stirn rumlaufen.«

Ach wie peinlich! Musste er mich daran erinnern? Bloß das jetzt nicht vertiefen. Ich schleppte deswegen eh schon Schuldgefühle mit mir rum.

»Man sieht die doch kaum«, sagte ich daher rasch und machte, dass ich aus dem Zimmer kam. Sollte er sich doch auf dem Sofa wälzen, bis er schimmelig wurde. Und in dem Moment, als ich den Abflug machte, stießen Kiwi und Knolle zu ihm und ich war mehr als froh, dieser Clique entronnen zu sein.

Im Wohnzimmer hatte Martin die Möbel an die Seite geschoben und den Teppich zusammengerollt, damit ordentlich abgedanct werden konnte. »Mach dich locker«, sagte Hanna und das tat ich dann auch.

Irgendwann fingen Vanessa und Carmen an zu rauchen. Das fand ich nun gar nicht gut, weil man diesen Pestgestank kaum aus dem Haus bekam und Mama das bestimmt sofort schnuppern würde. Also sagte ich deutlich: »Hier wird nicht gequarzt!«

Das gefiel den beiden aber gar nicht und Vanessa kicherte nur und sagte etwas von »Baby, das sich nicht traut«.

»Hört auf!«, verlangte ich noch mal, worauf ich dann nur zu hören bekam, dass ich doch wohl keine schlechte Gastgeberin sein wollte. »Aber ich kriege Ärger mit meiner Mutter«, sagte ich schließlich genervt.

»Und?«, meinte Vanessa achselzuckend. »Ist mir doch egal.«

Ich wollte gerade verzweifeln, als Markus dazukam. Mit einer raschen Handbewegung nahm er Vanessa die Zigarette aus dem Mund und drückte sie ihr in die Hand. »Steck sie dir in den Allerwertesten, das dürfte gesünder sein, als sie zu rauchen!«, sagte er.

Ich grinste. So konnte man die Sache auch erledigen.

Es war zu reichlich fortgeschrittener Stunde, als Kati auf mich zugestürzt kam und mir total hektisch ins Ohr flüsterte: »Mila, komm mal ganz schnell runter in die Sauna, Kiwi und Knolle sind dort und ...« Sie stockte.

»Was und?«, fragte ich höchst alarmiert.

»Ach, geh lieber selber schnell hin!«

Der Ruheraum sah aus wie ein Saustall und in der angeheizten Sauna stand – wie oberpikant – Kiwi mit nichts als einer Socke über seiner Nudel. Ein Anblick zum Erblinden! Ich war ja hart im Nehmen, aber was Kiwi und Knolle hier angestellt hatten, war einfach zu viel. In der Sauna lagen leere Alcopop-Flaschen und im Vorraum eine zerbrochene Wodkaflasche. Zerknüllte Chipstüten und jede Menge zerbröselte Chips flogen im Ruheraum rum. Das Allerschlimmste aber war ein unbeschreiblicher Gestank nach Erbrochenem.

»Nein«, schrie ich in höchster Verzweiflung und schlug die Hände vors Gesicht, um die Bescherung nicht sehen zu müssen. »Sag, dass ich träume! Die haben hier doch nicht wirklich alles voll gekotzt!«

Aber sie hatten. Irgendwie mussten sie Mamas geheime Hausbar entdeckt und sie nach und nach geleert haben.

Im ersten Moment war ich drauf und dran die Polizei zu rufen, aber Hanna hielt mich zurück.

Das hätte vielleicht Probleme für Mama geben können. Verletzung der Aufsichtspflicht und so … Und obwohl sie es verdient hätte, weil sie mich einfach für ihre Vergnügungsfahrt allein gelassen hatte, siegte die Familiensolidarität.

Mein Zorn war unermesslich. Ich schnappte mir Kiwi, dieses Sumpfgewächs, und zerrte ihn unter die Schwalldusche. Bevor ich abdrehte, drehte ich voll auf.

Kiwi schrie sofort wie am Spieß, hielt krampfhaft seine Socke fest und versuchte zu flüchten. Aber ich blieb erbarmungslos und schubste ihn immer wieder zurück, bis er mir flehend zu Füßen sank. Der war doch echt nur unter den Achseln stark! Offenbar wurde er langsam wieder nüchtern.

»Hör auf, Mila! Bitte, hör auf. Ich mache auch alles, was du willst.«

Na, das war ja wohl das Mindeste, was ich nach diesem Akt von barbarischem Vandalismus erwarten konnte. Bis zum Abi Sklavendienste oder ersatzweise fünf Jahre Galeere waren eigentlich angemessen! Dass ich vergleichsweise milde reagierte, hatte er allein seinem vollkommen lächerlichen Aussehen zu verdanken. Und seiner Socke.

Grins!

Ich war zwar hart, aber nicht herzlos und so stellte ich die Dusche ab und sagte: »Okay, dann sieh zu, dass du mit deinen Kumpels die Sauerei hier wegmachst. Und wenn ihr das nicht picobello hinkriegt, dann rufe ich die Polizei und lass den Schaden aufnehmen. Eure Eltern können sich dann auf ’ne gesalzene Rechnung gefasst machen und ihr könnt nur hoffen, dass ihr eine gute Haftpflichtversicherung habt.«

Kiwi fiel noch weiter in sich zusammen und

kroch zähneklappernd zu Knolle hinüber, der mit grünlichem Gesicht dem Drama zugesehen hatte. Der schien auch eine kalte Abreibung brauchen zu können. Aber als ich ihm diese, großzügig wie ich nun mal bin, ebenfalls anbot, machte er auf Panik, zog sich schwankend auf die Beine und begann hektisch die leeren Flaschen einzusammeln. Er übersah eine Bierdose, gab eine kurze tänzerische Einlage und krachte dann auf einer Matratze im Ruheraum zusammen.

Kiwi rieb sich in fliegender Hast trocken und sprang in seine Klamotten. Dann suchte er nach Eimer und Feudel, um das Erbrochene wegzuputzen, wobei er erneut mit einem Brechreiz kämpfte.

»Pass du nächstes Mal bloß besser auf, an wen du meine Einladungen weiterschickst«, pampte ich Hanna an.

Die stand ebenfalls noch voll unter Schock, als neben anderen Schaulustigen Brian und Martin aufliefen und sofort tatkräftig begannen, Sauna und Ruheraum wieder in einen einigermaßen akzeptablen Zustand zu bringen. Hanna und Kati zogen die Matratzen ab und Brian öffnete alle Fenster und sorgte so für Durchzug, um den ekligen Gestank zu vertreiben.

»Brauchst keine Angst haben, Mila«, sagte Brian tröstend zu mir. »Das richten wir schon. Deine Mutter kriegt da nix von mit.«

Ich seufzte dankbar, wenn ich auch noch nicht ganz überzeugt davon war.

Mittlerweile standen die Typen alle ziemlich hilflos in der Gegend rum. Und als Vanessa rief: »Los, Leute, oben wird weitergedanct«, erklärte ich die Party für beendet.

»Spaßbremse«, murrte Vanessa und warf ihre gefärbten Locken arrogant in den Nacken. Aber ich drückte ihr nur lächelnd den Wischmopp in die Hand und sagte: »Kannst gerne noch ein bisschen bleiben. – *We always need a helping hand.*«

Mann, die verschwand, als hätte sie einen Turbo eingebaut.

Gefolgt von Brian ging ich langsam nach oben. Irgendwie hatte ich Pudding in den Beinen und auf einmal das Gefühl, einfach wegzusacken. Halt suchend griff ich noch nach dem Treppengeländer, aber ich erreichte es nicht mehr. Hätte Brian mich nicht reaktionsschnell aufgefangen, ich wäre glatt die Treppe runtergefallen. Voll der Kullerkeks!

Einen atemlosen Moment lang lag ich in seinen starken Armen. Himmel, der Typ hatte vielleicht eine zupackende Art! Dann aber stellte er mich schnell wieder auf die Füße und mit einem verlegenen Gesichtsausdruck zog er seine Hände zurück.

»Entschuldigung«, stotterte er und starrte auf seine bösen Finger, die ein Mädchen berührt hatten, »ich wollte nur nicht, dass du die Treppe runterfliegst.«

Aber ehe ich noch meinen Dank loswerden konnte, tauchte Markus auf und grub mich sofort an.

»Kann ich dir irgendwas Gutes tun, nach dem Schock?«, fragte er und seine Stimme klang wie mit Samt belegt. Großer böser Wolf will Rotkäppchen wohl vernaschen, dachte ich und schaltete auf Alarmstufe rot.

»Sieh zu, dass du die beiden Saufsäcke sicher nach Hause kriegst. Ich verlass mich auf dich.«

Mein Vertrauen schien ihm aber gar nicht zu schmeicheln. Offenbar hatte er sich für meine Party was anderes vorgenommen und seine Kumpels hatten ihm seine ganze Strategie versaut.

Er seufzte, sammelte die beiden ein und sagte beim Verlassen des Hauses frustriert zu mir: »War trotzdem eine coole Party, Mila. Ich hoffe, du lädst mich mal wieder ein.«

Bestimmt nicht, dachte ich, nicht, wenn er diese Pansen ständig im Schlepptau hat. Und so rutschte mir mal wieder etwas raus, was ich so hart eigentlich gar nicht hatte sagen wollen: »Zeige mir deine Freunde und ich sage dir, wer du bist!«

Er war schon auf der Treppe, aber nach diesen Worten drehte er sich abrupt um. Er wirkte ehrlich betroffen, als er meinte: »Du hast Recht. Auch wenn man sich seine Freunde nicht immer aussuchen kann, übernimmt man für sie ein Stück Verantwortung. Sorry. Ich hoffe, du verzeihst uns.«

Ich sah ihm nach und fühlte, wie mich seine Worte irgendwie ganz weichgespült hatten. Aber als ich dann noch einmal in die Sauna ging und den immer noch im Raum hängenden Gestank roch, da bekam ich einen echten Brechreiz und dachte: Verzeihen? Ich? Kiwi und Knolle? *I don't think so!*

Berlin! Die Hauptstadt! Ich hätte lügen müssen, wenn ich behauptet hätte, dass mich diese Stadt kalt ließ. Im Gegenteil. Und so hatte ich schließlich nach weiterem Zureden meiner Freundinnen beschlossen, Pit Winter, so gut es ging, zu ignorieren und die Reise, welche die Klasse schließlich auch meinem Einsatz in der Quizshow zu verdanken hatte, einfach zu genießen.

Vielleicht war die Fahrt ja ganz heilsam und half mir dabei, meine verliebte Schwärmerei für ihn endgültig zu überwinden. Und vielleicht lief es dann zu Hause mit mir und Mama auch wieder besser. Denn eigentlich waren wir doch immer ein prima Team gewesen. Bestimmt war Pit Winter die Tatsache, dass ich mit von der Partie war, auch ein bisschen unangenehm und so würde er schon von selbst etwas Abstand wahren.

Tja, und dann hatte ich mir ja in letzter Minute auch noch den Beistand meiner Freundinnen gesichert. Hatte mich zwar eine ziemliche Überwindung gekostet, aber nun war ich froh, dass ich ihnen endlich meine Schwärmerei für Piwi gebeichtet hatte. Zwar nicht in allen dramatischen Einzelheiten, sie waren allerdings auch so schon ziemlich geplättet.

»Ich hab es doch geahnt!«, sagte Kati.

»Habe ich dich nicht immer gewarnt«, schimpfte Hanna, »dass man mit Lehrpersonen nichts anfängt? Warum hast du nicht auf mich gehört?!«

Aber als sie sahen, wie geknickt ich war, versprachen sie mir hoch und heilig alles zu tun, damit ich endlich von dieser Gefühlskrise – wie sie es nannten – erlöst würde. Die würden mich in Berlin schon wieder auf den Boden zurückholen, wenn ich in Piwis Nähe doch noch mal abheben sollte.

»Hm, ich brauche ein Entwöhnungsprogramm«, seufzte ich. »So einen Liebe-lass-mich-los-Crashkurs!«

Meine Freundinnen lachten.

»Kannst du haben!«, sagten sie wie aus einem Munde. »Wir haben da schon ein passendes Programm.«

Und dann sangen sie kichernd: »*Eine neue Liebe ist wie ein neues Leben …*«

Hauptstadt, wir kommen! Schon bei der Zugfahrt stellte sich eine prickelnde Vorfreude bei mir ein. Und die Aufregung meiner Freundinnen teilte sich mir in vibrierenden Wellen unmotivierter Lachanfälle mit. Alles schien bekichernswert und die mit ernsten Gesichtern hinter ihren Laptops klemmenden Geschäftsreisenden im Großraumwagen mussten uns für ziemlich ballaballa halten. Natürlich waren sie selbst auch hin und wieder Auslöser für unser Gelächter; als Hanna steif und fest behauptete, ein leicht verfetteter, glatzköpfiger Gnom drei Reihen vor uns wäre ein hochrangiger Politiker, kriegten wir uns ja gar nicht mehr ein.

Zwar hatte der Typ seinen klugen Kopf die meiste Zeit hinter der entsprechenden Zeitung versteckt, aber gelegentlich ertönte ein lautstarker Nieser und brachte die Schlagzeile zum Wackeln. Nach dieser Eruption ließ er dann mit schöner Regelmäßigkeit die Zeitung sinken, zog aus einer Schachtel Kleenex, die er auf dem Sitzlehnentischchen deponiert hatte, ein segenreiches Stück Zellstoffhygiene raus und schnäuzte sich geräuschvoll die Nase. Dabei löste sich stets das Kleenex auf und blieb in weißfusseligen Fetzen an seiner Nase kleben. Stylish! Wir wieherten los und er verschwand – bis zum nächsten Mal – wieder hinter seiner Zeitung. Mann, musste die spannend sein!

»Ob wir den im Bundestag wiedersehen werden?«, fragte Hanna grinsend.

»Bestimmt, es sei denn, seine Grippe kickt ihn echt aus den Latschen.«

Und: Eruption, Zeitungsniedersinken, Kleenex, Schnäuzen … Wässrige rote Äuglein starrten zu uns herüber. Bot ja ein ziemlich ramponiertes Bild von einem Volksvertreter, der Gute. Ob er sich dessen wohl bewusst war?

Zwei Reihen hinter uns saßen Knolle, Kiwi und Markus und, an Letzteren rangenoppt, die unmögliche Vanessa; Brian hockte mit Tobi etwas weiter vorne bei Piwi. Unterbrochen von ihrem gezierten Gekicher versuchte Vanessa bei Markus wieder mit ihren Pferdekenntnissen zu punkten. Sie sah sich in ihren Träumen bestimmt schon als Herrin auf seinem Reiterhof. Schade, dass ich sie nicht ein bisschen mit Markus' Liebeserklärung schocken konnte … Aber die hatte mich ja selbst zu sehr geschockt … Und jemanden, der in einem so desolaten Zustand war, durfte man wohl echt nicht für seine Worte verantwortlich machen und schon gar nicht bei einer Zimtzicke wie Vanessa in die Pfanne hauen. Aber ihr Gesicht hätte ich bei der Botschaft schon gerne mal gesehen.

»Gebt ihr denn eure Stuten zum Decken weg?«, fragte sie gerade.

»Nee, das machen wir selber«, sagte Markus anzüglich grinsend. »Wir haben weit und breit die besten Hengste im Stall!«

War ja klar, dass Knolle sofort darauf ansprang. »Brauchste auch einen, Vanessa?«

Ich drehte mich um, weil ich Vanessas Gesicht sehen wollte, und ich muss sagen, es lohnte sich wirklich. Sie war richtig pink angelaufen. Aber es dauerte nicht lange, da gickelte sie schon wieder mit ihrer Busenfreundin Carmen. Irgendwie meinte ich hinter vorgehaltener Hand meinen Namen im Zusammenhang mit dem von Pit Winter gehört zu haben. Ich war alarmiert. Was hatten die sich denn über Piwi und mich das Maul zu zerreißen? »Worüber reden die eigentlich?«, fragte ich Hanna. Die zuckte die Schultern, aber schneller, als mir lieb war, wurde ich aufgeklärt. Vanessa stand nämlich auf und kam zu uns geschlendert. Offenbar suchte sie Streit, weil sie bei Markus nicht landen konnte.

»Sag mal, Mila«, fing sie verdächtig freundlich an, »stimmt das eigentlich, dass deine Mutter und Pit Winter eine Affäre haben? Ein Vögelchen hat mir nämlich so was gesteckt.«

»War wohl 'ne Meise«, sagte ich trocken. »Die sitzt nämlich immer noch unter deinem Pony!«

Wieherndes Gelächter im Umkreis. Der Politiker ließ die Zeitung sinken, ohne das übliche Ritual, und sah zum ersten Mal mit echtem Interesse zu uns rüber. Solche Wortgefechte ließen offenbar heimische Gefühle an den Bundestag bei ihm aufkommen.

»Du glaubst wohl, du kommst überall mit deiner frechen Schnauze weiter, Mila? Aber ich kann dir sagen, irgendwann geht dir mal die Luft aus!«

»Besser die Luft als der Verstand«, konterte ich.

Klar, dass sich nun auch die gesamte talentfreie Zone hinter uns einmischte. Knolle, die Dumpfbacke, und Kiwi, dessen Gehirn statt von neuronalen Netzen ohnehin eher von Kaugummifäden durchzogen war, mussten auch noch ihren Ketchup zu diesem unsäglichen Gespräch dazugeben.

»Er hat Milas Mutter geküsst, bevor er in den Zug eingestiegen ist«, sagte Knolle triumphierend. »Ich habe es genau gesehen, ich habe nämlich im Gang am Fenster gestanden.«

»Ui, ui, ui«, blubberte Kiwi los. Ich hatte mich noch nie des Eindrucks erwehren können, dass er seinen Eltern heimlich untergeschoben worden war. Sicherlich stammte er aus Borneo oder Neuguinea. Das war doch die Heimat dieser Faultierart, die auch immer nur »Ui, ui« schreit und ansonsten dösend in den Bäumen hängt. Oder verwechselte ich da was? Na, egal. Der triumphierende Ausdruck auf Vanessas Gesicht erforderte ganz dringend eine Reaktion von mir.

»Siehst du«, sagte sie grade mit falschem Lächeln, »Knolle hat es auch gesehen. Pit Winter hat deine Mutter geküsst. Kannst du mir mal erklären, warum er das tut?«

»Weil *deine* Mutter ihm nicht attraktiv genug ist, nehme ich an«, konterte ich schlagfertig. Gut, dass mir das eingefallen war!

Jetzt entgleisten Vanessa die Gesichtszüge ziemlich heftig und Hanna und Kati prusteten los.

»Du kennst meine Mutter ja gar nicht!«, giftete Vanessa zurück.

»Das ist auch nicht nötig«, sagte ich ruhig. »Ich kenne ja dich, das reicht.«

Und für die im Geiste nicht ganz so Hellen fügte Knolle, unser Schnellmerker, erläuternd hinzu: »Der Apfel fällt ja bekanntlich nicht weit vom Stamm.«

Vanessas Teint bekam wieder diesen Stich ins Violette, der absolut tödlich zu ihren rot gefärbten Haaren kam. Sie schnappte kurz nach Luft, griff nach Carmens Hand, drehte sich abrupt um und zerrte sie hinter sich her zum Ende des Waggons. Die Glastür glitt lautlos und automatisch auf und mit wenigen Schritten waren die beiden im WC verschwunden. Unser schallendes Gelächter begleitete sie. Nein, was waren wir mal wieder gemein!

Markus grinste mich kurz verschwörerisch an. Piwi war aufgestanden und warf mir einen fragenden Blick zu.

Erschrocken überlegte ich, was er wohl von dem Wortgefecht mitgekriegt haben mochte. Wie angenagelt saß ich auf meinem Platz und starrte zurück. Schließlich ließ er sich wieder in seinen Sitz sinken und ich atmete erleichtert auf.

Ein erdbebenhaftes Niesen ließ erneut die Schlagzeile zittern und alles hatte wieder seine Ordnung.

Es dauerte eine kleine Ewigkeit, bis die beiden Tussen wiederkamen. Echt unsozial, so lange das Klo zu blockieren. Auch ich spürte nämlich allmählich ein menschliches Rühren. Logischerweise war ich mit so einem Druck auf der Blase nicht besonders freundlich auf die beiden zu sprechen, als sie sich endlich frisch geschminkt wieder blicken ließen.

»Habt ihr Aale in der Kloschüssel geangelt?«, ploppte es mir zornig raus. Ich hatte nämlich mal einen Artikel in der Zeitung gelesen, wo ein Typ das echt zur Bereicherung seines Speisezettels gemacht hatte, wenn auch nicht gerade in der Eisenbahn. Bis er eines Tages 'ne fette Kanalratte dranhatte. Klar, dass Vanessa in Unkenntnis dieses Berichts den Gag nicht raffte, und so sagte sie nur höchst uninspiriert: »Ach, verpiss dich doch!«

Ich griente sie frech an. »Genau das hatte ich schon die ganze Zeit vor.« Ich stand auf und machte, dass ich aufs WC kam.

Heilige Hauptstadt! Das konnte ja was werden in Berlin.

Hoffentlich kriegten Hanna, Kati und ich ein Zimmer, das weit, weit weg von diesen Tussen lag!

Berlin Zoo! Was für ein Gewusel! Pit Winter hatte Mühe, uns alle zusammenzuhalten, und sah schon jetzt leicht genervt aus. Ob er die Fahrt wirklich freiwillig mit uns machte oder ob Frau Kempinski ihn genötigt hatte?

Das Hotel in einer Seitenstraße vom Ku'damm erwies sich als sehr angenehm und da wir sogar ein Dreibettzimmer, weit weg von Vanessa und Carmen, ergattern konnten, stand einem positiven Gemeinschaftserlebnis zumindest von unserer Seite nichts mehr im Wege. Hanna, Kati und ich waren doch ’ne prima Gemeinschaft, was scherte uns da der Rest! Grins.

Es gab nur noch ein kleines Problem, und das war Pit Winter. Der gehörte leider auch zum Rest und hatte sich in den Kopf gesetzt uns den Entertainer zu machen. *Let me entertain you!* Jedenfalls trommelte er uns, kaum dass wir die Zimmer bezogen hatten, im Frühstücksraum zusammen und entwarf am Flipchart ein meiner Ansicht nach völlig übertriebenes Programm. Stadtrundfahrt mit Besichtigung des Bundestages, das Brandenburger Tor ansehen, Theaterbesuch, Museumsbesuch *and so on*. Meine Herren, geriet ja voll zum Bildungsurlaub, das Ganze. Ich dachte, diese Fahrt sollte eine Belohnung und keine Strafexpedition sein.

»Müssen wir ins Theater oder können wir auch ins Kino gehen?«, fragte Knolle, sichtlich nicht nach höherer Bildung strebend. »Es läuft nämlich grade *Invasion der Geisterreiter.*«

Pit Winter schaute ihn fassungslos an. Kulturbanause, dachte er sicherlich.

»Statt mit Geistern wäre eine Beschäftigung mit Geistigem nicht verkehrt«, sagte er. »Gerade bei dir sehe ich da etwas Nachholbedarf.«

Kiwi hatte mal wieder gedöst und wohl nur Geistiges und Nachholbedarf verstanden, jedenfalls schoss er plötzlich vom Stuhl hoch. »Ich geh schon, was soll ich holen? Bier? Reichen uns drei Conti?«

Pit Winter kapierte nicht ganz den Zusammenhang, Markus allerdings schon.

»Komm wieder runter, Kiwi«, sagte er grinsend.

»Herr Winter hat nicht von Alkohol gesprochen. Geistiges ist nicht immer hochprozentig. Es sei denn, bei den Zersetzungsprozessen in deinem Hirn entsteht Bioalkohol.« Gewieher.

Klar, dass alle ins Theater zu gehen hatten. Da war Piwi erbarmungslos und ließ voll den Volkserzieher raushängen. Das *Berliner Ensemble* spielte die *Heilige Johanna der Schlachthöfe* von Bert Brecht und Piwi hatte sich vor der Aufführung im Theater am Schiffbauerdamm eine passende Einstimmung ausgedacht. Einen Besuch am Grab des Dichters! Allein der Gedanke ließ mich erschaudern. Irgendwie gehörten Friedhöfe nicht zu meinen bevorzugten Aufenthaltsorten, nicht mal dann, wenn Promis dort begraben lagen. Meine Mutter hatte für so was ja ein Faible. In Paris hatte ich mit ihr haufenweise Gräber abklappern müssen. Wer da aber auch alles begraben lag! Die halbe Welt! Ein Musenalmanach in Granit und Marmor gemeißelt! Offenbar hatte meine Mutter in Piwi einen Seelenverwandten für ihren Gräbertourismus. Ich fand es eher makaber. Da las ich doch lieber ein Buch, sah mir ein Gemälde an oder hörte ein Chanson der berühmten Toten.

Es gab auch noch andere in unserer Klasse, die nicht so auf Friedhof standen.

»Muss das sein?«, nölte Vanessa, als wir, fürs Theater bereits schick aufgebrezelt, vor der Vorstellung noch im Halbdunkel über den Dorotheenstädtischen Friedhof irrten, um das Grab von Brecht zu finden.

»Ich hab's, ich hab's!«, kreischte Kiwi schließlich, als wir die Hoffnung schon fast aufgegeben hatten. Und so strömten wir denn alle am weihevollen Ort zusammen. Piwi setzte eine feierliche

Miene auf und ich hatte sofort eine Art Déjà-vu-Erlebnis. Ich fühlte mich spontan in den Film *Club der toten Dichter* versetzt. War's ein Wunder? Piwi zufolge standen wir am Grab eines der größten deutschen Dramatiker, da war besinnliche Sammlung und Huldigung angesagt. Er schilderte uns kurz Brechts Werdegang. Dann zog er unter den misstrauischen Blicken meiner Mitschüler ein zerfleddertes Büchlein aus der Manteltasche und begann uns allen Ernstes ein Gedicht vorzulesen. Und was für eins! War der denn noch zu retten? Erst raffte ich gar nichts. Es fing ganz harmlos an. Mit Kranichen, Wolken, Wind und schönem Himmel, aber dann begriff ich, dass es nicht um Naturlyrik ging, sondern um Liebe.

Oh nein!, dachte ich und fühlte, wie mir das Blut in den Kopf stieg. Musste es denn ausgerechnet ein Liebesgedicht sein?

Ich war so irritiert, dass ich den weiteren Text gar nicht mehr richtig aufnahm. Bis zu dem Moment, als Piwi etwas von Trennung sagte. Und da fragte ich mich doch auch, wann er sich wohl von meiner Mutter trennen würde. Hoffentlich bald.

Er hatte langsam gesprochen, mit dem Unterton leisen Bedauerns. Nun ließ er das Buch sinken. Unsere Blicke begegneten sich, einen kurzen Moment hatte ich das Gefühl, er hätte das Gedicht nur für mich vorgetragen. Aber wenn es so war, was wollte er mir damit sagen? Dass die Affäre mit meiner Mutter nur eine Episode war, die irgendwann so plötzlich vorüber sein würde, wie sie begann? Wenn der Wind anders wehte und Wolke und Kranich auseinander getrieben würden?

Ich blickte weg und sah Vanessa, die mit ihren Kuhaugen völlig verzückt an Piwis Lippen hing.

Igitt! Ich hielt es nicht mehr aus. Abrupt drehte ich mich um und hastete mit fliehenden Schritten durch die Gräberzeilen zum Ausgang des Friedhofs. Dort hockte ich mich auf eine von Engeln getragene Bank und wartete darauf, dass Hanna und Kati endlich auftauchten.

»Was ist denn mit dir los?«, fragte Kati außer Atem, als sie an der Bank ankam. Offenbar war sie den ganzen Weg hinter mir hergelaufen. »Warum haust du einfach ab?«

Nun erschien auch Hanna. »Was soll das Gezicke? Pit Winter war von deinem Verhalten übrigens gar nicht erbaut.«

»Ach! Ich von seinem übrigens auch nicht!«, sagte ich schnippisch. »Uns mit so einem Sülzgedicht zu foltern. Wenn er's wenigstens noch richtig betont hätte!«

»Stimmt«, sagte Hanna, die sich wohl in meine Situation versetzen konnte. »Es war sicher etwas peinlich für dich.«

Kati, die romantische Seele, sah mich misstrauisch an.

»Also, ich fand es schön«, sagte sie mit ehrlicher Begeisterung und schielte mit verliebten Blicken zu Tobi rüber, der gerade mit dem Rest der Klasse am Ausgang ankam.

Ihr fragt, wie lange sind sie schon beisammen? Seit kurzem. – Und wann werden sie sich trennen? – Bald, schoss es mir durch den Kopf und ich konnte nicht verhindern, dass mir eine Gänsehaut über den Rücken lief. Katis junges Liebesglück mit Tobi und diese Gedichtzeilen – das war einfach unfair! Es konnte doch nicht in jeder Liebe schon der Abschied wohnen?!

Als wir den Friedhof verließen, ging Pit Winter

plötzlich neben mir her. Klar, dass er wissen wollte, warum ich weggelaufen war.

»Hat dir das Gedicht nicht gefallen?«

Ich druckste herum. »Doch, schon … ich … es hat mich … ja … es hat mich … irgendwie … Also, ich finde, es ist ein sehr trauriges Gedicht.«

»Wie kommst du darauf?«

Wollte er hier 'ne kleine Deutschstunde veranstalten – Gedicht und Interpretation? Dem würde ich was husten. Außerdem ärgerte es mich mächtig, dass er so wenig Fingerspitzengefühl zeigte. »War nur ein Scherz! In Wirklichkeit fand ich es lustig!«, sagte ich daher in provokantem Ton. »Ist doch sehr beruhigend zu wissen, dass *jede* Affäre über kurz oder lang mal endet.«

Ich überbetonte das *jede*, damit er auch ja kapierte, dass ich an eine ganz bestimmte Affäre dachte.

Das begriff er nun wohl auch. Und es schien ihm sogar zu dämmern, dass er ganz schön ins Fettnäpfchen gelatscht war.

»Tut mir Leid«, sagte er betreten, »ich habe nicht daran gedacht, dass du solche Schlüsse aus dem Gedicht ziehen könntest. Ich fand es schon immer schön und ich wollte euch damit nur den Lyriker Brecht nahe bringen. Schade, dass ich da bei dir wohl falsche Gefühle ausgelöst habe.«

Falsche Gefühle? Was meinte er denn damit? Meine Gefühle waren nicht falsch, sondern komplett richtig. Der Einzige, der falsche Gefühle hatte, war doch er: Gefühle nämlich für meine Mutter, die doch viel zu alt für ihn war! Und aus diesen Gedanken heraus warf ich ihm die nächsten Sätze förmlich an den Kopf: »Meine Gefühle sind vollkommen okay, aber mit Ihren, da scheint einiges nicht zu stimmen!«

Er blieb stehen, wollte etwas sagen, aber da uns inzwischen Markus und sein Fanclub erreicht hatten, schluckte er seine Bemerkung hinunter. Stattdessen sagte er nur lahm: »Vielleicht sollten wir uns darüber mal unterhalten, wenn wir wieder zu Hause sind.« Dann ging er zu den Jungen hinüber und sagte übertrieben dynamisch: »Los, los, was trödelt ihr denn rum? Die Vorstellung fängt gleich an.«

Da im selben Moment Hanna und Kati nach mir riefen, hatte ich keine Zeit mehr, mir über das Geschehen einen Kopf zu machen. Und als sie neugierig fragten, was ich denn mit Pit Winter besprochen hätte, zuckte ich nur die Schultern und sagte abwehrend: »Nichts Besonderes, er wollte noch ein paar Sachen über Brecht loswerden. Hat mich aber nicht wirklich interessiert und ich hatte die Ohren auf Durchzug. Also fragt mich nicht nach Einzelheiten.«

Damit war das Thema gegessen und im Theater durften Gott sei Dank nur die Schauspieler sprechen.

Das Stück war ziemlich spannend, wenn auch etwas wirr. Warum die Johanna unbedingt Schnee mit den streikenden Fabrikarbeitern essen wollte statt bei ihrer Heilsarmee ’ne warme Suppe, war mir echt schleierhaft. Wem war damit schon geholfen? Dumm gelaufen war es dann ja trotzdem.

»Kann es sein, Hanna, dass dieser Brecht irgendwie ein Pessimist war?«, fragte ich grübelnd. »Erst das Gedicht und dann dieses Stück … Ich habe das Gefühl, der glaubt einfach nicht, dass es im Leben auch mal ein Happy End geben kann. So nach dem Motto: alles in Butter aufm Kutter. Bei dem sinkt doch ständig das Schiff und der Schiffszwieback ist auch noch alle!«

Hinter uns ertönte dunkles Gelächter. Ich fuhr herum. Pit Winter! Das hatte der doch jetzt nicht mitgekriegt? Doch, hatte er.

»Eine interessante Analyse«, sagte er und lächelte dabei schelmisch. »Eine etwas ungewöhnliche Bildsprache, aber durchaus treffend. Schade, dass ich dich nicht mehr im Deutschunterricht habe, Mila.«

Ach Gott, was klang das wieder süß. Wie in alten Tagen. Wie sollte ich ihm da noch böse sein? Ich beschloss, für den Rest des Abends einfach mal meine Mutter zu vergessen und so zu tun, als hätte ich ihn gerade erst kennen gelernt. Aber das war kein so guter Entschluss, denn manchmal ist der Geist zwar willig, doch der Bauch ist immer schwach! Besonders natürlich, wenn Schmetterlinge in ihm eingesperrt waren wie bei mir. Und je mehr ich mir vornahm, meine Gefühle im Zaum zu halten, umso wilder gebärdeten sie sich. Die Pubertät gehörte einfach abgeschafft!

Die Nacht war noch jung und darum zogen wir vorm Schlafengehen noch in kleinen Gruppen um den Block – *I'm still, I'm still Mila from the block* –, aßen an einem Imbisswagen Pommes und Currywurst und alberten ziemlich viel herum. Piwi immer mit dabei. Er fütterte uns mit Pommes und erzählte einen Witz nach dem anderen.

Tobi, Brian und Markus hatten sich von Anfang an zu uns gesellt und so hatten wir auch bald Knolle und Kiwi und Vanessa und Carmen am Hacken. Aber ich war inzwischen körperlich und seelisch so fertig, dass ich jenseits von gut und böse war und es mich nicht mehr kratzte, wer mit uns die Sau durchs Dorf trieb. Es zählte für alle offenbar nur noch ein Motto und Knolle konnte sich gar nicht genugtun, es immer wieder laut in die Berliner Nachtluft zu brüllen: »Ich will Spaß, ich will Spaß!«

Als wir gegen Mitternacht ins Hotel zurückkehrten, fiel ich wie ein Stein ins Bett und schlief sofort ein.

Irgendwer hatte mir im Gewühl in der Lobby einen gaaaaanz süßen, wenn auch flüchtigen Gute-Nacht-Kuss gegeben, aber ich hatte nicht sehen können, wer es war, so schnell war er weggewesen. Kam irgendwie vollkommen aus dem Hinterhalt! Oder bei mir herrschte totaler Gedächtnisschwund. Wie ärgerlich aber auch! Vermutlich hätte mein Leben eine völlig andere Wendung genommen, wenn ich mich an den Verursacher dieses Kusses hätte erinnern können. So aber nahm das Schicksal seinen Lauf.

Klar, dass ich am nächsten Morgen beim Frühstück Hanna und Kati noch mal nach dem anonymen Knutscher fragte, aber die schüttelten beide nur den Kopf.

Ich wollte es nicht glauben. »Habt ihr wirklich nichts gesehen? Das kann doch nicht sein!«

»Keinen Schimmer«, beteuerte Kati und leicht errötend fügte sie hinzu: »Ich war echt mit meinem eigenen Küsser beschäftigt.«

Das konnte ich nachvollziehen; aber Hanna, die war doch genau wie ich Single. Ihr Branko musste ja zu Hause in der Schule knechten. Doch auch sie musste passen.

»Wirklich, Mila, das solltest du selber am besten wissen. Ich hab das echt nicht mitgekriegt. Warum sollte ich es dir verschweigen?«

»Vielleicht, weil du mir die grauenhafte Wahrheit nicht zumuten willst? War es Knolle? Oder Kiwi?«

Hanna kriegte einen Lachanfall. Dann fragte sie ziemlich scharfsinnig: »Hat sich der Kuss denn nach denen angefühlt?«

Das war ja nun eine Frage! Woher sollte ich wissen, wie sich ein Kuss von Knolle oder Kiwi anfühlte? Vermutlich grauenvoll, aber so im Detail? Keine Vorstellung! Ich schüttelte den Kopf. »Also, es war ein ganz normaler, süßer Gute-Nacht-Kuss.« Und damit keine Missverständnisse aufkamen, ergänzte ich schnell: »Auf die Wange!«

»Auf die Wange!«, riefen beide wie aus einem Munde. »Und darum machst du so einen Hermann?«

Kati sah mich echt irritiert an. »Ich dachte, da sei wer weiß was gelaufen.«

Wer weiß was? Hm, was sollte das denn sein? Ich hatte plötzlich das peinliche Gefühl, dass meine Freundinnen mich nicht ernst nahmen, und beschloss schleunigst das Thema zu wechseln.

Von der Muse geküsst

Die von Pit Winter organisierte Busfahrt führte uns zu allerlei Sehenswürdigkeiten Berlins. Vorbei am Bundestag, dem Brandenburger Tor und dem vor sich hin verrottenden Palast der Republik ging es zur Museumsinsel. Dort verbrachten wir einen wirklich eindrucksvollen Vormittag zwischen faszinierenden Altertümern. Pergamon-Altar, Tor von Milet und jede Menge Gerüste, welche die marode Kuppel des Museums stützen mussten. Anschließend pilgerten wir ein wenig durch die Gegend. Dabei kamen wir in einen kleinen Park mit einer Allee voller lebensgroßer Skulpturen. Aus einem unerfindlichen Grund sprang Markus plötzlich auf die Statue eines geflügelten Pferdes. Natürlich hatten Knolle und Kiwi nichts anderes zu tun, als es ihm nachzumachen. So hockte bald auf jeder Skulptur irgendeine Bratze aus unserer Klasse. Markus wollte mich unbedingt überreden, dass ich mich zu ihm auf das Flügelpferd setzte.

»Los, Mila, es ist das Ross der Dichter! Spring auf und es wird dich in den Musenhimmel tragen!«

Doch dazu kam es dann nicht mehr, weil ein Aufsichtsmensch uns mit einer Anzeige wegen Störung der öffentlichen Ordnung drohte und Piwi uns zu schneller Flucht zusammentrommelte.

Lachend verteilten wir uns bei einsetzendem Nieselregen auf mehrere Lokale – die Geschmäcker sind eben verschieden –, um etwas Essbares zwischen die Zähne zu bekommen. Diesmal hatte sich uns außer Pit Winter auch Brian angeschlossen, was ihm einen unfreundlichen Blick von Markus eintrug. Ihn direkt anzupampen traute er sich wohl wegen Piwi nicht. Ich verstand ohnehin nicht, warum die beiden immer noch wie Hund und Katz umeinander herumschlichen. Klar, sie waren schon sehr gegensätzliche Typen, aber es konnte doch jeder sein Ding machen. Brian tat das ja auch meistens. Es war Markus, der auf seine Vormachtstellung in der Klasse pochte und bei Brian damit überhaupt nicht landen konnte. Der ordnete sich niemandem unter. Keine tolle Situation. Schon deswegen nicht, weil Kiwi und Knolle immer wieder Öl ins Feuer gossen, um Markus zu imponieren. Na ja, mein Problem war es ja eigentlich nicht. Ich hatte mit keinem von beiden wirklich was zu tun. Auch nicht, wenn meine Freundinnen mir unbedingt was mit Markus andichten wollten. Und was seine Liebeserklärung anging, die war ja wirklich nicht ernst zu nehmen gewesen. Das sah man doch ganz deutlich – oder kümmerte er sich vielleicht irgendwie besonders um mich? Nee, im Gegenteil, im Moment hielt er sich mal wieder schön weit weg von mir auf. Darin glich er Pit Winter, der sich im Restaurant grade ans andere Ende des langen Holztisches setzte. Aus dieser sicheren Entfernung sah er mich allerdings ständig an. Mal nachdenklich, mal irgendwie herausfordernd.

Und wann werden sie sich trennen?, schoss es mir durch den Kopf. Es war unglaublich, wie tief sich diese Worte in mein Gehirn eingegraben hatten.

Warum? Weil es die Frage war, die ich mir seit

dem letzten Schuljahr immer und immer wieder gestellt hatte? Seit meine Mutter Pit Winter zum ersten Mal zu uns eingeladen und ich ihm arglos die Tür geöffnet hatte. Ich musste mir selbst eingestehen, dass ich nie wirklich darüber hinweggekommen war, dass ich mich in ihn verknallt hatte – zum ersten Mal überhaupt in meinem Leben – und er dann ausgerechnet mit meiner Mutter eine Affäre begonnen hatte. Meine Mutter konnte ja gar nichts dafür, aber er, er hätte wissen können, was er mir damit antat. Dieser Schuft!

Ich linste zu ihm hinüber, wie er gerade genussvoll seine Berliner Leber mit Äpfeln und Zwiebelringen verzehrte. Hm, der Mensch ist, was er isst. Was sollte frau aus *Leber Berliner Art* schließen? Ich fragte mich, ob ich ihn wirklich verabscheute oder ob ich ihn nicht vielmehr immer noch heimlich liebte und nur darum so eifersüchtig auf meine Mutter war! Ich hasse ihn, dachte ich und kaute wütend auf einem Stück Schnitzel herum. Dann schmeckte ich die Zuckererbsen auf der Zunge und fand, dass ich wohl doch noch ein bisschen verliebt war. So ging das hin und her, bis mir der vorletzte Hass-Bissen im Halse stecken blieb. Ich hustete, würgte, lief erst rot und dann vermutlich blau an, denn Hanna und Markus sprangen gleichzeitig auf und trommelten mir auf dem Rücken herum. Zwischen Husten und Würgen kriegte ich voll die Panik, dass ich entweder an den wuchtigen Schlägen oder an dem Schnitzelstück zugrunde gehen würde. Plötzlich stand Brian an meinem Platz, riss mich hoch, umklammerte mit beiden Armen meinen Brustkorb und drückte irgendwo unterhalb der Rippen kräftig zu.

Uups! – flutschte das Schnitzelteil raus und flog

bis zum Nebentisch einer ältlichen Lady aufs Seidenblüschen! Kreisch!

Kiwi fegte hin, raffte eine Serviette an sich und begann damit, am Busen der Dame herumzureiben. Aus tränenverschleierten Augen sah ich, wie die fast in Ohnmacht fiel, obwohl ihre Begleiterin ihr schleunigst ein Riechfläschchen unter die Nase hielt. Knolle zerrte Kiwi schließlich vom Busen der Dame und ich sank immer noch röchelnd wieder auf meinen Stuhl.

Kati und Hanna redeten gleichzeitig auf mich ein, während Piwi völlig verstört dem Schauspiel beiwohnte. Zwar war er aufgesprungen, aber das war alles, was er an lebensrettenden Maßnahmen eingeleitet hatte. Kurz, wenn ich auf ihn angewiesen gewesen wäre, wäre ich jetzt hin gewesen. Und auch Rettungsschwimmer Markus war ja wohl nur in Mund-zu-Mund-Beatmung gut!

So konnte ich froh sein, dass wenigstens Brian etwas mehr von erster Hilfe verstand und mir durch entschlossenes Eingreifen vermutlich das Leben gerettet hatte.

Ich wischte mir die Tränen mit einer Serviette ab, linste dankbar zu ihm hinüber und ging dann mit einem gekrächzten Dankeschön erst mal aufs Klo. Hanna und Kati kamen natürlich mit. So konnte mich eine von ihnen auffangen, als mich mein Anblick im Spiegel aus den Schuhen hob. Die Wimperntusche war in schmutzigen Schlieren über mein ganzes Gesicht verteilt und in den Mundwinkeln hingen eklige Speisereste. Igitt!

Ich fing wieder an zu heulen, diesmal voller Frust. Keiner aus der Klasse würde jemals wieder mit mir irgendwo hingehen. Jemand, der Schnitzel durch die Gegend spuckte, war einfach nur peinlich.

Als ich nach umfangreichen Restaurierungsarbeiten an meinem Gesicht mit meinen Freundinnen schließlich in den Gastraum zurückkam, waren jedoch sämtliche Spuren des peinlichen Vorfalls bereits beseitigt und alle taten, als wenn nichts geschehen wäre. Sogar Kiwi und Knolle hielten an sich. Meine Verlegenheit konnte ich mir also sparen. Fragte sich nur: Sparbuch oder Aktienfonds?

Grade erzählte Piwi begeistert, was er sich Mega-Tolles für den Abend ausgedacht hatte.

»Popliteraten«, schwärmte er. »Eine faszinierende, moderne Autorengeneration. Ihr werdet begeistert sein. Benjamin von Stuckrad-Barre, Christian Kracht, Alix von Langelsheim! Die haben den behäbigen Literaturbetrieb so richtig aufgemischt. Es ist einfach genial, dass ich noch einige Karten für die heutige Lesung bekommen habe. Wer nicht mitkommen will, kann ins Kino gehen.«

»Ich melde mich freiwillig«, brüllte Kiwi los.

Piwi sah ihn irritiert an. So viel geistiges Interesse bei dem schien ihn fast von der Wirtshausbank zu hauen. Einen Moment starrten sich die beiden bewegungslos an, dann sagte Kiwi in den aufatmenden Seufzer von Piwi hinein: »Fürs Kino natürlich. Ich meinte, ich melde mich fürs Kino.«

Pit Winter nickte. »Ich weiß schon«, sagte er. »*Geisterpiraten der Karibik*.«

»Nein, falsch, *Invasion der Geisterreiter*!«

»Jau!«, brüllte Knolle. »Da geh ich mit!« Und gönnerhaft fügte er hinzu: »Kannst auch mitkommen, Mila. Wird sicher geil!«

Hm, schwere Entscheidung. Mehr Zeit als unbedingt nötig wollte ich in Piwis Gesellschaft ja nun auch nicht verbringen, aber deswegen einen Abend lang Knolle und Kiwi ertragen? Nee!

Nur um ihrer nervenden Gesellschaft zu entgehen, meldete ich mich schließlich für die Teilnahme an der Dichterlesung. Seltsamerweise wollte auch Markus mitkommen und nicht, wie ich eigentlich vermutet hatte, seine Kumpels ins Kino begleiten.

Das wunderte auch Knolle. Als ich beim Verlassen des Lokals mit Brian direkt vor den beiden herging, fragte er Markus: »Eh, Chef? Seit wann interessierst du dich für Literatur?«

Markus lachte. »Pfeif auf die Literatur«, sagte er so, dass ich es hören musste. »Für mich gibt's nur einen Grund, dahin zu gehen. Kannst du raten?«

Knolle lachte nun ebenfalls verschwörerisch, dann flüsterte er, so laut er konnte: »Mila? Du gehst wegen Mila mit! Stimmt's?«

Worauf Kiwi sein übliches »Ui, ui« ausstieß und ich am liebsten im Boden versunken wäre. Ob die das extra gemacht hatten, damit Brian neben mir alles mitkriegte? Himmel, war das peinlich! Was würde denn der jetzt von mir denken? Dass ich 'ne Machobraut war? Und im Übrigen, wenn Markus echt was von mir wollte, dann war das ja nun voll der falsche Weg. Der führte vielleicht zu meiner Galle, aber nicht zu meinem Herzen. Das konnte ja ein heiterer Abend werden.

Wurde es tatsächlich. Allerdings anders als erwartet. Denn dieser Abend brachte mich dazu, meinem ganzen Leben eine völlig neue Richtung zu geben und endlich, endlich meine wahre Berufung zu erkennen. Wieso? Wartet es ab!

»Alix von Langelsheim, geboren 1980, gehört zu den literarischen Wunderkindern Deutschlands. Sie ist die jüngste Popliteratin und mit die provokanteste.«

»Provokanteste?«, unterbrach Hanna Piwis Vortrag, mit dem er uns am Spätnachmittag auf das abendliche Literaturerlebnis einstimmen wollte.

Wir hockten mal wieder im Frühstücksraum des Hotels und zumindest ich dachte wehmütig an die andere Hälfte der Klasse, die ohne höhere kulturelle Ambitionen den Abend einfach nur genießen durfte. Manchmal war es direkt geil, eine Dumpfbacke zu sein!

»Was meinen Sie damit, dass sie provokant ist?« Hannas Stimme riss mich aus den neidischen Gedanken.

»Nun, sie kennt keine formalen und inhaltlichen Grenzen, sie bricht viele Tabus …«

Das hörte sich gut an. Klang jedenfalls nicht so fad, wie ich befürchtet hatte.

»Also, ich behandele das Thema Popliteratur grade in meiner zwölften Klasse«, fügte Piwi erklären hinzu. »Ihr seid vielleicht dafür noch ein bisschen jung … aber andrerseits können wir uns die Chance, Alix von Langelsheim persönlich lesen zu hören, natürlich nicht entgehen lassen.«

Nee, natürlich nicht! Ein Lehrer musste ja auch mal seine Freude auf einer Klassenfahrt haben.

So zog denn unser Grüppchen mit Hanna, Kati, Tobi, Markus und leider auch der so belesenen Vanessa und ihrer Busenfreundin Carmen nach dem Abendessen los in eine große Buchhandlung am Ku'damm-Eck. Verwundert nahm ich zur Kenntnis, dass sich auch Brian uns anschloss und mit Hanna angeregt über ihre Erfahrungen beim Popstar-Casting plauderte. Sehr zum Missfallen von Markus.

Wir hockten ziemlich zusammengequetscht in der rappelvollen Buchhandlung, als die Künstlerin auftrat. Liebes Lieschen, was trug denn die für eine Wolle auf dem Kopf! Voll die gekreppte Lockenmähne in einem erstaunlichen Rotblond. Passend dazu waren die Augen von wässrigem Grün und die Hautpartien um die kurze Nase voller Sommersprossen.

»Echt abgespaced«, sagte Brian grinsend neben mir.

Na, mal hören, ob sie auch so überirdisch las, wie sie aussah.

Gerade stellte sie sich vor und ihre Stimme klang dabei dünn und hell, aber trotzdem erstaunlich sicher. Das war garantiert nicht ihre erste Lesung, denn sie streute schon in die Schilderung ihres Lebenslaufs sehr professionell die eine oder andere Provokation ein, was ihr sofort Lacher oder Beifall aus dem Publikum einbrachte.

Die Lesung selbst war dann der Hammer und ich schielte mehr als einmal zu Piwi rüber, weil ich erwartete, dass er aufspringen und postwendend mit uns die Buchhandlung verlassen würde. Tat er aber mitnichten. Himmel, war der abgebrüht. Meiner Ansicht nach erfüllte der Text über weite Strecken locker den Tatbestand der Jugendgefährdung. Als Film wäre das jedenfalls nicht jugendfrei gewesen.

Schon beim ersten Buch, aus dem sie las, fielen mir fast die Ohren ab, so abstrus waren die magersüchtige fünfzehnjährige Heldin und ihre Familie. Und warum die Autorin detailverliebt beschrieb, wie das Mädchen aus einer fetten Zucchini einen Teil der männlichen Anatomie schnitzte, war mir zunächst völlig schleierhaft. Als ich's endlich kapierte, wurde mir leicht schwummerig und Kati ging es wohl nicht anders. Während Brian und Markus bei diesen Anzüglichkeiten unterdrückt kicherten, schob sie ihre Hand auf Tobis Knie. Der wurde abwechselnd rot und blass, ergriff sie dankbar und hielt sie bis zum Ende der Veranstaltung krampfhaft umklammert.

Piwi kriegte von alledem nichts mit, sondern saugte völlig versunken jedes Wort wie Nektar von den Lippen der Autorin. Meine Herren! So toll war das ja nun auch nicht. Im Grunde waren es doch nur hingerotzte Sätze, ohne große Geheimnisse, in einer Sprache, die direkt aus dem Chatroom hätte stammen können. Aber dann waren wieder die größten Ungeheuerlichkeiten so leicht und locker erzählt, dass es mir kalt den Rücken runterlief. Das war es wohl, was Pit Winter mit provokant gemeint hatte und was ihn sichtlich beeindruckte. Hm. Da musste ich meine Berufsplanung noch mal überdenken. Popliteratin! Klang auch nicht schlecht. Vielleicht würde er mir dann auch so zu Füßen liegen ... Was für eine interessante Perspektive. Ich musste bei dem abschweifenden Gedanken leise kichern. Aber das war wohl grade nicht angebracht, denn ein älterer Herr, drehte sich zu mir um und zischte: »Ruhe da hinten!«

Ja, ja, ich war ja schon wieder still und er konnte weiter ungestört den schnoddrig erzählten Drogen- und Sexgeschichten freakiger Jungmenschen lauschen. Lustgreis!

Gegen Ende der Lesung beneidete ich Kati und Tobi maßlos. Zu gerne hätte ich auch jemanden gehabt, der angesichts dieses Kulturschocks meine Hand gehalten hätte. Aber weder Markus noch Brian schienen dafür tauglich. Vom gänzlich abgedrifteten Piwi gar nicht zu reden. Ich konnte es immer noch nicht fassen, dass er uns in eine solche Lesung geschleppt hatte.

»Wenn meine Mutter das wüsste, die würde 'ne Krise kriegen«, sagte Hanna leicht verstört in den aufbrandenden Schlussapplaus. »Die rastet ja schon aus, wenn Branko mal mein Zimmer betritt.«

Ich kicherte.

Immer noch tosender Beifall. Schließlich überschwänglicher Dank des Hauses, begleitet von einem überdimensionierten Blumenstrauß für die Künstlerin und dann ein Run auf Autogramme von ihrer begnadeten Hand.

Ich stand etwas unsortiert in der Gegend rum, weil ich nicht wusste, was nun weiter geplant war, als Piwi mir ein Buch in die Hand drückte und sagte: »Kannst du mir bitte ein Autogramm mitbringen, Mila?«

Häh? Wer sagte denn, dass *ich* eines wollte? Na okay, stellte ich mich also in die Schlange, während Kati und Tobi, die Turteltauben, schon eine Etage tiefer stiegen.

»Wir warten im Literaturcafé auf dich«, rief Hanna mir zu und tauchte ebenfalls ab. Ich wäre ihr viel lieber gefolgt, als für Piwis blödes Autogramm anzustehen. Zu gerne hätte ich ihre Meinung zu der Lesung gehört. Stattdessen stand plötzlich Piwi neben mir und fragte mich nach *meinem* Eindruck.

»Äh, wollen Sie nicht schon mal zu den anderen gehen? Ich erledige das schon mit dem Autogramm«, blockte ich erst einmal ab.

»Ach, die sind im Moment alle mit sich selbst beschäftigt. Da dachte ich, ich kann dir ja ein bisschen Gesellschaft leisten beim Anstehen.«

Er lächelte mega-süß und machte mich wieder mal völlig verlegen.

»Und, wie hat dir die Lesung denn nun gefallen?«

Ich druckste herum, denn eine wirklich eindeutige Meinung hatte ich mir noch nicht gebildet.

»Ähm, also … ja … also der Stil … und … die Geschichte … ähm … war das nicht ein bisschen … ähm … versaut?«

Oh Gott! Piwi starrte mich an, als wäre ich die Zenzi von der Alm, so rückständig fand er wohl meine Ansichten.

»Mila Schnauze!«, sagte er dann sichtlich amüsiert über meine Verstörtheit. »Ist dir denn nicht aufgefallen, dass das Ganze eine wunderbar feinsinnige Parodie auf unsere kaputte heile Welt ist?«

Ach, hätte es mir auffallen sollen?

»Du bist doch selbst manchmal ganz schön bissig mit deinen Kommentaren. Da müsstest du diese Alix doch eigentlich bestens verstehen.«

So, müsste ich? Wir rutschten wieder ein Stück in der Schlange auf und seine Augen begannen zu glänzen, weil wir dem literarischen Wunderkind näher kamen.

Sie war aus der Nähe zierlicher, als ich gedacht hatte, nur die Haare standen wie eine gecurlte Löwenmähne viel zu füllig um den kleinen Kopf. Ob die Krause echt war oder nur effekthaschendes Styling? Irgendwie machte mich ihre Nähe nervös und ich fragte mich, was von dem, was sie vorgelesen hatte, wohl Wirklichkeit war. Wenn nur zwanzig Prozent davon aus ihrem eigenen Leben stammten, war es schon peinlich genug.

Mir zitterten die Hände, als ich ihr das Buch von Piwi hinschob.

»Kannste reinschreiben: *für Pit Winter?*«

»Klar«, sagte sie und lächelte irgendwie vielsagend. »Ist das dein Freund?«

Ich wurde blass und auch Piwi neben mir musste wohl schlucken. Jedenfalls sagte er mit etwas belegter Stimme: »Nein, das bin ich.«

Alix grinste und musterte Piwi frech. Mit den Worten: »Das muss sich ja nicht ausschließen!«, reichte sie ihm das Buch hin. Ehe ich in Ohnmacht fallen konnte, wandte sie sich aber wieder mir zu und fragte, ob ich denn auch ein Autogramm haben wollte.

Ich nickte und legte meine Eintrittskarte hin.

»*Für Mila*, bitte«, hauchte ich schwer beeindruckt von ihren hellseherischen Fähigkeiten und der künstlerischen Aura, die sie umwehte.

Und als ich mit bebender Hand die Karte zurücknahm, war mir, als hätte ein überirdisches Wesen einen zarten Kuss auf meine linke Wange gehaucht. Völlig verpeilt fragte ich: »Bitte, Alix, was muss ich tun, um auch so eine berühmte Popschriftstellerin zu werden wie du?«

Sie sah zu mir auf, lächelte und sagte: »Schreiben, Mila. Einfach schreiben!«

Auf dem Rückweg ins Hotel kehrten wir noch in eine Pizzeria ein. Die Stimmung war auf dem Siedepunkt und es gab natürlich nur ein Thema: die Lesung von Alix.

»Krass«, rutschte es Brian entgegen seiner sonst eher zurückhaltenden Art gleich am Anfang heraus. »Die Frau sollte mir mal ein paar Songtexte schreiben!«

Hm, keine schlechte Idee. Vielleicht bot sich da ja ein kleines Übungsfeld für meine frisch erwachten literarischen Ambitionen? Einen kleinen Dankeschön-Song für die Lebensrettung hatte er sich ja eigentlich verdient. Einen Moment ruhte mein Blick auf ihm. War ja eigentlich nicht uninteressant, der Typ. Ich konnte plötzlich nachvollziehen, dass Kati sich in den verguckt hatte. Der machte wenigstens mal was und klopfte nicht nur Sprüche. Komisch, dass er sich so gar nicht für Mädchen zu interessieren schien! Oder war Kati nur nicht die Richtige gewesen?

Dann legte Markus los und schreckte mich aus meinen Gedanken.

»Einiges war ja ganz witzig«, sagte er, »aber im Grunde finde ich es pervers, wenn ein Mädchen so ein Zeug schreibt. Man merkt, dass die keinen Freund hat, denn dann käme ihre Heldin nicht auf derart alberne Gedanken.«

Tobi versuchte zu vermitteln. »Es war schon ziemlich krass«, meinte er, »aber die Gedankengänge waren doch ein aufregender Einblick in die weibliche Seele …«

»Häh?« Nun war Kati aber aufgescheucht. »Also, in meiner Seele sieht es nicht so verrottet aus! Das war doch total grottig und außerdem war das garantiert nicht jugendfrei!«

»Das war es schon«, mischte sich jetzt Piwi ein. »Immerhin hat das erste Buch ja den Jugendliteraturpreis bekommen.«

»Also, für Jugendliteratur hab ich es nicht grade gehalten«, meldete sich nun auch Hanna zu Wort.

»Alles Berechnung, alles Effekthascherei«, meinte Vanessa mit ihrer ätzenden, keifigen Stimme, »da war doch nichts echt dran! Also, ich stelle mir mein erstes Mal bestimmt anders vor. Ich bitte euch!«

Da musste ich ihr direkt mal Recht geben. Und auch Carmen meinte ganz in meinem Sinne: »Ein normales Mädchen hat doch mit fünfzehn Jahren nicht solche abartigen Gedanken.«

Das war das Stichwort für Piwi. »Ein normales

Mädchen wird ja auch nicht Popliteratin. Es ist ja gerade das Ungewöhnliche, Provokante, das eine Autorin auszeichnet. Kein Verleger würde zum Beispiel … Milas Tagebücher veröffentlichen wollen.«

Wie bitte? Ich kriegte eine rote Rübe, aber mehr vor Zorn als vor Verlegenheit. Was wusste denn er über den literarischen Wert meiner Tagebücher! Vielleicht waren sie sprachlich nicht so krass, aber inhaltlich … Da gab es einiges, was mit den irren Familiengeschichten von Alix durchaus mithalten konnte. Frechheit, mich hier vor Vanessa so vorzuführen! Da musste ich ihm einfach Kontra geben.

»Ich wüsste nicht, wann ich Ihnen meine Tagebücher jemals zu lesen gegeben hätte!«, pampte ich Piwi daher ziemlich sauer an.

»Oh, pardon«, entschuldigte er sich sofort, klang aber dabei ein bisschen zynisch. »Ich wollte deine schriftstellerischen Ergüsse nicht abwerten. Das war nur ein Beispiel. Ich weiß ja, dass du zumindest lyrisch durchaus an Heinrich Heine rankommst.«

Ein spitzbübisches Grinsen überzog bei den letzten Worten sein Gesicht.

Oh nein! Ich erwürge ihn, dachte ich und sprang vor Zorn bebend auf. Das war jetzt wirklich eine echte Gemeinheit, auf das Liebesgedicht anzuspielen, das ich ihm im letzten Schuljahr völlig verknallt geschickt hatte. Das ging hier doch keinen etwas an. Nach all der Zeit fiel es mir gleich wieder ein. *Meine Liebe zu dir ist wie ein Vogel im Wind* … Oh, Himmel, wie mega-peinlich! Was hatte ich mir nur dabei gedacht? Erde, tu dich auf. Da aber die Erde kein Mitleid mit mir hatte und mein Kummer nicht mal ein mittleres Beben auf der Richterskala auslöste, grabschte ich frustriert nach Hannas Hand.

»Los, komm mit aufs Klo!«, forderte ich sie fast barsch unter den erstaunten Blicken meiner Mitschüler auf und zerrte sie hinter mir her, als ich im Sturmschritt das Gastzimmer verließ.

»Was ist denn?«, fragt sie irritiert, als sich die Waschraumtür hinter uns schloss.

»Mir ist schlecht«, stotterte ich, »ich glaube, ich muss speien!«

»Wegen der Lesung?«

Ich schüttelte den Kopf. »Nee, wegen Pit Winter!«

Sofort schienen bei Hanna die Alarmglocken zu schrillen. »Du wolltest doch die Finger von ihm lassen! Was ist denn jetzt schon wieder? Außerdem ist er doch der Freund deiner Mutter!«

»Es ist nicht das, was du denkst. Ich bin wirklich nicht mehr in ihn verknallt«, sagte ich und war in diesem Moment selbst davon überzeugt. Ein Typ, der mich so vorführte, der konnte mich mal. »Bei dieser Lesung heute ist mir klar geworden, dass ich selber auch gerne Schriftstellerin werden möchte ... und ... Also, ich finde es einfach gemein von ihm, dass er mich nicht ernst nimmt und nur alberne Witze auf meine Kosten macht. Wem will er damit imponieren? Vanessa?«

Hanna war schwer beeindruckt. Eine Autorin als Freundin fand sie wohl ziemlich schick. »Das ist genial, Mila! Echt! Frau Kempinski wird begeistert sein. Du schreibst doch sowieso mit Abstand die besten Aufsätze in der Klasse!«

Ich bremste sie. »Frau Kempinski soll das aber gar nicht wissen. Ich dachte eher, dass Pit Winter ...«

»Dass Pit Winter was?« Hanna klang misstrauisch.

»Na ja, dass er mich ein bisschen beraten könnte.

Er kennt sich doch offenbar bei den Popliteraten gut aus …«

Aber alles, was mit Pit Winter und mir zusammenhing, war Hanna offenbar verdächtig, und so wirkte es nicht wirklich unterstützend, als sie sagte: »Könnte er sicher, aber das klang eben nicht so, als ob er das auch wollen würde.«

Da hatte sich Hanna allerdings ganz schön vertan. Als wir nämlich an den Tisch zurückkamen, hatte Piwi wohl gemerkt, dass er sich mir gegenüber nicht grade wie ein Gentleman benommen hatte. Und vor der versammelten Mannschaft entschuldigte er sich, was Vanessa mal wieder vor Neid grün werden ließ. Die schien im Gegensatz zu mir echt immer noch in ihn verknallt zu sein.

»Mila, das war eben sehr ungeschickt von mir«, sagte er. »Ich hab das dumm rübergebracht. Aber was ich dann gesagt habe, das habe ich durchaus so gemeint. Du hast wirklich schriftstellerisches Talent. Das ist mir schon aufgefallen, als ich noch euer Deutschlehrer war. Und bestimmt sind deine Tagebücher sehr lesenswert und das Gedicht fand ich wirklich bemerkenswert. Ehrlich.«

Dabei sah er mich doch tatsächlich ganz offen an. Himmel, was war denn mit dem passiert? Woher denn dieser plötzliche Gesinnungswandel? Erst später erfuhr ich, dass Kati und Tobi Piwi ziemlich kritisch wegen seiner Bemerkungen angemacht hatten. Besonders Kati hatte ihm ordentlich die Meinung gegeigt. Ausgerechnet die stille Kati! Was war sie doch für eine Superfreundin!

Jetzt sagte sie aber erst mal total erstaunt: »Mila, du schreibst wirklich Gedichte? Wie romantisch, das hätte ich dir ja gar nicht zugetraut!«

»Ich mir auch nicht ...«, stotterte ich. Ich war völlig durch den Wind, weil sich Piwi so abrupt gewandelt zu haben schien. »War nur ... äh ... ein Ausrutscher. Mach ich auch nie wieder.«

»Das wäre aber schade, Mila«, mischte sich Piwi in unser Gespräch ein, um die Situation zu retten. Dabei machte er alles nur noch schlimmer. Besonders Markus sah mich sehr neugierig an. Vermutlich fragte er sich, wie Pit Winter wohl zu einem Gedicht von mir gekommen war. In der Tat nicht ganz einfach zu erklären. Und so nett es von Piwi gemeint war: Jemanden vor seinen Klassenkameraden als Gedichteschreiber zu outen, war nicht gerade cool. Jedenfalls nicht für den Geouteten.

Oder besser, die Geoutete. Ich war nahe dran, ein zweites Mal auf die Toilette zu fliehen.

»Ich kann dir nur empfehlen, Mila«, sagte Piwi da, »mit deinen Schreibversuchen nicht nachzulassen – egal, was du schreibst, Gedichte, Tagebücher, Kurzgeschichten. Auch hier macht Übung den Meister. Wenn du möchtest, dann kannst du mir gerne mal wieder was zu lesen geben. Du weißt, ich berate dich gerne.«

»Danke, danke sehr ...«, stammelte ich völlig überwältigt. Da hatte er ja grade noch die Kurve gekriegt und Markus und die anderen konnten annehmen, dass ich Piwi das Gedicht nur zum kritischen Lesen gegeben hatte – nicht mehr. Ich seufzte erleichtert auf. Und dann wurde mir plötzlich ganz heiß. Hatte er mir wirklich angeboten, mich bei meinen schriftstellerischen Versuchen zu beraten? Das war ja mehr, als ich mir in meinen kühnsten Träumen erhofft hätte. Was für eine Chance, mit ihm eine Seelenverwandtschaft zu pflegen – wenn's schon mit der Liebe nix werden konnte! »Wirklich, das ist sehr freundlich, vielen Dank. Ich komme vielleicht darauf zurück …«

Markus sah mich plötzlich ganz merkwürdig an und Hanna stieß mich unterm Tisch mit dem Fuß an. Was wollte die denn?

Da zischelte sie mir auch schon ins Ohr: »Hör auf, dich schon wieder an ihn ranzuschleimen. Ich dachte, das hätten wir eben geklärt!«

Doch ehe ich noch etwas zu meiner Entschuldigung vorbringen konnte, sagte Piwi total begeistert: »Keine Ursache, Mila! Das mache ich doch gerne. Junge Talente muss man fördern.«

»Ätsch!«, flüsterte ich Hanna zu.

Aber als wir das Lokal verließen, meinte sie mit unsympathisch ernster Stimme: »Das sagt er doch nur, weil er bei dir Schönwetter machen will und damit du endlich seine Affäre mit deiner Mutter akzeptierst.«

In dem Moment hasste ich sie.

Vor dem Hotel stießen wir dann auf die Kinogruppe, die mit lautem Hallo von ihrem Film berichtete. Als wir uns in der Lobby zur Nacht verabschiedeten, nahm Pit Winter plötzlich meine Hand und sah mir tief in die Augen. Schnell senkte ich verlegen den Blick.

»Alles wieder okay zwischen uns?«, fragte er und ließ meine Hand nicht los. Irgendwie wurde mir plötzlich ganz anders. Aber dann dachte ich an Hannas Worte und musste mir eingestehen, dass sie vermutlich gar nicht so falsch lag. Ich interessierte ihn nach wie vor nur als Tochter meiner Mutter. Ändern würde sich das nur, wenn ich wie Alix ein berühmtes popliterarisches Wunderkind werden würde. Dann würde er *mich* bewundern – genau wie sie! Und zum zweiten Mal an diesem Abend hatte ich das Gefühl, dass mich eine Muse geknutscht hatte – aber allerheftigst!

»Schreiben! Einfach schreiben, Mila!«, hatte Alix gesagt.

Wenn das mal so einfach wäre.

Wir waren seit einigen Tagen aus Berlin zurück und ich hockte an meinem Computer und starrte auf den Bildschirmschoner. Es war ein sich drehender Würfel, in den ich – so als Motivation – ein Porträtfoto von Alix implantiert hatte. Dafür hatte ich zwar mein Popidol rausschmeißen müssen, aber Pop blieb ja Pop.

War es wirklich die Muse der Dichtkunst, die mich da in Berlin so unverhofft geküsst hatte?

Am ersten Abend wohl eher nicht. Ich musste grinsen und überlegte mal wieder, wer mir wohl diesen überraschend süßen Gute-Nacht-Kuss auf die Wange gehaucht hatte? Grübel, grübel … Also, Tobi war dabei gewesen, schied aber aus, weil er mit Kati beschäftigt war. Kiwi, Knolle? Igitt, wohl eher nicht! Markus? Dem traute ich so eine Blitzaktion aus dem Hinterhalt zwar zu, aber ich meinte mich zu erinnern, dass er die ganze Zeit mit Piwi im Gespräch gewesen war. Blieb noch Brian. Hm? Der hatte in meiner Nähe gestanden. Aber warum sollte er wohl? Die Sache blieb mysteriös. Ich seufzte. Vielleicht war es doch ein erster Anlauf zu einem Musenkuss! Nur – warum fiel mir denn dann nichts Kreatives ein?

Musste ja nicht gleich ein Roman sein. Ein Gedicht oder eine Kurzgeschichte würden es ja fürs Erste auch tun. Aber nun hockte ich schon seit einer Stunde hier und wartete vergeblich auf eine

Eingebung, einen genialen Gedanken, mit dem ich Piwi beweisen konnte, dass auch in mir eine begnadete Popliteratin schlummerte.

Dabei wollte ich ihn doch mit meinen Werken so beeindrucken, dass er vor lauter Begeisterung darüber meine Mutter völlig vergessen würde. Mit mir würde er einen geistigen Austausch pflegen, bei dem meine Mutter einfach nicht mithalten konnte. Schließlich war sie ja nur Friseurin. Kaum hatte ich das gedacht, schämte ich mich schon. Das war echt nicht fair. Meine Mutter war so blöd auch nicht, nee, sogar ziemlich gebildet, immerhin kannte sie Heinrich Heine. Also zumindest die Loreley und die konnte sie sogar singen. Grins.

Ich starrte Alix an, wie sie sich da auf dem Bildschirm drehte. Hm. Wenn mir im Moment literarisch nix einfiel, konnte ich ja vielleicht erst mal mit dem Styling anfangen. So Mila-mäßig wirkte ich natürlich für die literarische Szene noch nicht attraktiv genug. Piwi hatte ja schließlich nicht nur von ihren Werken, sondern auch von ihrem Auftreten und ihrem Erscheinungsbild geschwärmt. Wie hatte er sie genannt? Ein perfekt inszeniertes Gesamtkunstwerk. Hammer! Okay, wie machte ich auf dem schnellsten Wege aus mir auch so ein Gesamtkunstwerk?

Ich düste ins Bad, wo meine Mutter sich gerade zum Ausgehen schminkte. Eine spitze Nadel bohrte sich in mein Herz. Wollte sie sich vielleicht mit Piwi treffen?

Ich verkniff mir jede Neugier und fragte stattdessen: »Findest du nicht auch, dass meine Haare ziemlich langweilig und tranig aussehen?

Sie betrachtete mein Spiegelbild. »Eigentlich nicht.«

»Meinst du nicht, ich könnte mal eine Dauerwelle gebrauchen?«

»Dauerwelle? Du? Warst du nicht immer strikt dagegen?«

Mist, jetzt hatte sie mich aber wieder geschnappt.

»Tja, schon, im Allgemeinen, aber im Besonderen kann frau doch mal ein bisschen experimentieren. Ich habe da so eine tolle Kreppdauerwelle gesehen …«

Meine Mutter drehte sich um und sah mich nun doch ziemlich erstaunt an. »Kreppdauerwelle? Bei deinem kräftigen Haar? Das würde ich nicht empfehlen.«

»Kannst es ja etwas ausdünnen. Ach bitte! Mach es mir doch mal. Das ist so hip!«

Meine Mutter blieb skeptisch. Da sie es aber eilig hatte, loszukommen, gab sie halbherzig nach.

»Also gut, komm irgendwann nach Geschäftsschluss in den Salon, dann schauen wir mal, was wir machen können.« Sie drückte mir einen flüchtigen Kuss auf die Wange. »So, ich muss los. Kann spät werden.« Und weg war sie.

Ich setzte mich wieder an den Computer, aber als mir eine weitere halbe Stunde lang nichts literarisch Wertvolles eingefallen war, beschloss ich Hanna zu besuchen. Vielleicht gab es im Buchladen ihrer Mutter ja ein paar Ratgeber für angehende Erfolgsautorinnen.

Wie frau einen verdammt guten Roman schreibt

Als ich bei Hanna ankam, war auch Kati schon da und Hannas Mutter überließ uns freudig die Aufsicht über das Geschäft. »Ich wollte ohnehin noch mit Motte Schuhe kaufen fahren, da ist es prima, wenn ihr heute Nachmittag den Laden hütet.«

Hannas kleine Schwester hüpfte schon ungeduldig von einem Fuß auf den anderen und sang: »Zeigt her eure Füße, zeigt her eure Schuh …« Na denn.

Hanna kochte Tee und ich stürzte mich sofort auf die Regale. Und während ich sie nach Büchern über Schriftstellerei durchsuchte, verkündete ich meinen Freundinnen die aufregende Neuigkeit: »Also Leute, ich meine es ernst. Diese Lesung von der Alix, die hat bei mir echt was ausgelöst. Für mich steht es fest: Ich werde Popliteratin. Ihr habt ja gehört, selbst Pit Winter traut mir das zu. Ich brauche nur noch ein paar Tipps, wie ich das am Geschicktesten anstelle.«

Kati sah mich fragend an. »Tipps? Ich dachte, man schreibt einfach los. Entweder man hat es oder man hat es nicht. Ich zum Beispiel hab's nicht und würde es wohl auch mit vielen Tipps und Ratgebern nicht hinkriegen, irgendeine Art von Literatur zu produzieren.«

Das war mir auch klar. Kati war zwar mega-romantisch, aber ihre Stärken lagen – seltsamerweise – in Mathe und Naturwissenschaften. Dennoch.

»Keiner schreibt heute mehr nur aus dem Bauch heraus! Schreiben muss man genauso lernen wie alles andere auch. Nur mit Talent kommt man heute nicht weit.«

Da war Hanna ganz meiner Meinung und sie zog auch gleich ein dickes Buch aus einem Regal und hielt es mir hin. »Da, das ist doch was für dich«, sagte sie grinsend.

Ich sah auf den Titel. Super! *So werden Sie Bestsellerautor* stand da. Mehr wollte ich ja eigentlich gar nicht.

Aber Kati hatte auch was gefunden: *Das Gedicht*, eine Anleitung für junge Autoren, und *Wie man einen verdammt guten Roman schreibt* von einem Universitätsdozenten.

Perfekt!

Ich selbst stieß dann sogar noch auf einen leibhaftigen Popliteraten. Christian Kracht und sein Buch *Faserland*. Den hatte Piwi doch auch erwähnt. Wäre ja interessant zu wissen, ob er genauso versaut schrieb wie die Alix.

»Kann ich die Bücher ausborgen?«, fragte ich Hanna. Zum Kaufen waren die nämlich zu teuer.

»Hm.« Hanna zögerte. Ihre Mutter war in letzter Zeit etwas eigen. »Musst aber ganz vorsichtig damit sein.«

»Klar, ich schreib mir die wichtigen Sachen raus und dann kriegst du sie gleich wieder.«

Also abgemacht.

Wie wunderbar, dachte ich und konnte es gar nicht abwarten, endlich mit meiner Beute nach Hause zu eilen.

Daraus wurde allerdings so schnell nichts.

Hanna und Kati fanden es zwar cool, bald eine berühmte Popliteratin zur Freundin zu haben, noch cooler aber hätten sie es gefunden, wenn ich mein Beziehungsproblem, wie sie es nannten, in den Griff gekriegt hätte.

»Mir scheint«, sagte Hanna ironisch, »du suchst keine Liebe, sondern Liebeskummer! Auf der Berlinfahrt hättest du alle Chancen gehabt, aber hast du was draus gemacht? Nein! Nur an Pit Winter hast du dich wieder rangenoppt!«

Hanna war richtig enttäuscht und auch Kati meinte frustriert: »Markus ist die ganze Zeit um dich rumgewuselt und ich wette, er war auch der heimliche Küsser. Du hättest ihn nur ein kleines bisschen ermuntern müssen. Ich glaube, der ist echt nicht so übel und hat hinter seinen Machosprüchen einen richtig guten Charakter.«

»Genau«, stimmte Hanna ihr zu. »Schließlich hast du uns versprochen, dich nach einem Typ umzusehen, damit wir wieder öfter alle zusammen was unternehmen können. Mit unseren Jungs und mit dir! Ein Single in der Clique ist echt eine Spaßbremse.«

So, eine Spaßbremse war ich also in ihren Augen. Das wurde ja immer schöner.

»Stimmt«, gab ihr Kati auch noch Recht. »Ein Typ muss her.«

»Und wenn mich das gar nicht interessiert? Ich sitze viel lieber an meinem Computer und schreibe, als mit einem Typ rumzuknutschen.«

»Quatsch! Das ist eine reine Schutzbehauptung, solange du gar nicht weißt, wie das Knutschen ist!«

»Kann es sein, dass unsere Freundin Mila wirklich als einziges Mädchen in der Klasse noch ungeküsst ist?«, foppte mich Kati.

Allmählich wurde ich sauer. »Jawohl! Das kann sein! Und ich habe nichts dagegen, wenn es noch eine Weile so bleibt. Ich werde mich doch jetzt nicht an irgendeinen Spacken aus unserer Klasse ranschmeißen, wenn mir als Popliteratin bald die Typen reihenweise zu Füßen liegen.«

Meine Freundinnen starrten mich an, als wäre ich ein Geisterpirat der *Black Pearl*. Schön, wenn es ihnen endlich ihr Lästermaul verschlagen hatte! Und so setzte ich noch eins drauf: »Im Übrigen möchte ich sowieso erst geküsst werden, wenn ich weiß, dass es der Richtige ist, der mich küsst.« Basta! Schluss mit dem Thema!

Aber Hanna gab nicht so schnell auf. »Dann musst du dich aber auch mal drum kümmern, den Richtigen zu finden.«

»Ja«, sagte Kati, »was ist mit dem Liebestest?«

»Nee«, wehrte ich ab. »Dazu müsste ich ja erst mal konkret einen Jungen im Auge haben, und das ist im Moment ganz und gar nicht der Fall!«

Um das Thema endlich zu beenden, machte ich einen ganz verwegenen Vorschlag. »Ihr könnt ja schon mal einen Test entwickeln und ihn an euren Jungs ausprobieren. Wenn er funktioniert, dürft ihr mich gerne noch mal ansprechen. Bye-bye!« Ich schnappte den Bücherstapel und ließ zwei ziemlich irritierte Freundinnen im Buchladen zurück.

Ohne Konflikt gibt es kein Drama. Ohne Drama keine Spannung!

Ich hatte es mir auf meinem Popsofa bequem gemacht und blätterte aufgeregt in den Büchern, die ich aus dem Laden von Hannas Mutter ausgeliehen hatte. Vor allem das Buch *Wie man einen verdammt guten Roman schreibt* schien mir sehr praxistauglich. Es war witzig geschrieben und voller Beispiele. Und was mir besonders gut gefiel, es steckten jede Menge brauchbare Tipps drin. Nicht so ein abgehobenes Geschwafel über Bauprinzipien von Lyrik und Prosa, Reimschemata und so ein Zeug, wie wir es im Deutschunterricht pauken mussten. Nein, hier stand klipp und klar, was frau machen musste, um einen tollen Roman zu schreiben.

Und da das Wichtigste an einem Roman die Figuren und der Konflikt waren, wusste ich auch sofort, was ich schreiben würde: die Geschichte meines Lebens, die unglückliche Liebe zu Piwi. Das hatte den Vorteil, dass ich die auf dem Wege dann gleich verarbeiten konnte, was nach der Meinung des Dr.-Winter-Teams ohnehin die beste Methode war, sich von psychischen Altlasten wie Liebeskummer zu befreien. Und irgendwie kam Piwi mir plötzlich wie so eine Altlast vor.

Natürlich würde ich die Sache nicht so direkt beschreiben, sondern … hm, zum Beispiel als Schlüsselroman. Schlüsselroman war perfekt. Man gab den Personen andere Namen, änderte den Ort der Handlung ein wenig, machte die Handlung selbst durch interessante Beimengungen noch etwas spannender, arbeitete den Konflikt ein bisschen schärfer heraus und zack! – schon war es Literatur. Verschlüsselt, um entschlüsselt zu werden! Klasse!

Die Augen würden Piwi übergehen, wenn er das las! Aber hallo! Nur – wie fing ich an?

Mal gucken, was der Kracht so schrieb. Ich schlug das schmale Taschenbuch auf.

Eins stand da als Kapitelüberschrift. War etwas enttäuschend. Ich hätte mir eigentlich was Fetzigeres vorgestellt. So was wie *Versackt* oder *Versumpft* oder ein knalliges Hauptwort wie zum Beispiel … hm … *Schicksalsburger*! Ja, *Schicksalsburger*, das hätte was gehabt, aber *Eins*! Nee, viel zu unspektakulär. Na ja, mal weitergucken. Also, es fängt damit an, dass der Held an einer Fischbude steht und ein Jever trinkt. Natürlich auf Sylt. Aber an einer Fischbude. Also isst er vielleicht sogar wirklich einen Burger. Einen Fischburger. Da hätte meine Überschrift ja echt gut gepasst. Nun gut, da steht der Held und trinkt ein Jever. Aus der Flasche. Das macht er im zweiten Abschnitt auch noch. Ah, er isst was, schade, keinen Burger, na ja, wäre ja auch nicht so stylisch und Popliteratur schreibt schließlich über stylische Leute. Der isst also Scampi. Klar, was sonst. Mit Knoblauchsoße. Obwohl ihm schlecht wird nach der ersten Portion, isst er schon die zweite. Mir wäre auch schlecht geworden bei Scampi mit Knoblauchsoße. Hätte das Kapitel ja *Scampi-Speien* nennen können oder, um meinen ersten Vorschlag zu variieren, *Schicksalsscampi*. Grins!

Ich kicherte leise vor mich hin. Dann sprang ich auf und setzte mich mit dem Kracht an den Computer. So einen Anfang kriegte ich doch auch noch hin! Und so wie die Schüler in Malklassen erst mal ins Museum geschickt wurden, um mit dem Pinsel große Meister zu kopieren, beschloss ich einen anerkannten Popliteraten zu kopieren, um mir so den richtigen Stil draufzuschaffen. Lieber hätte ich ja Alix genommen, aber die war im Buchladen von Hannas Mutter ja leider nicht vorrätig und … na ja, die war vielleicht für den Anfang auch ein bisschen zu krass.

Ich rief Word auf und los ging es. Überschrift.

Eins.

Das sollte als Arbeitstitel erst mal reichen, später würde ich dann in Richtung Schicksalsburger mal weiterdenken.

Ich holte tief Luft und dann tippte ich im Zwei-Finger-Suchsystem den Anfang meines Übungsromans.

Wenn ich Piwi diesen Anfang schickte, würde er Augen machen. *Wenn* ich ihm den schickte. Effektvoller wäre es wahrscheinlich, wenn ich ihm gleich das gedruckte Buch hinknallte. Ich kicherte in süßen Rachegedanken. Der machte sich nicht noch mal lustig über meine Schreibe!

Also nix wie ran. Muse, hallo! Küss mich!

Hm, Kracht schrieb in der Gegenwart, das lag mir ja eigentlich nicht so, aber, na gut, wenn es zum Stil gehörte …

Also, es fängt damit an, dass ich bei uns um die Ecke bei McBurger stehe und eine Fanta aus der Flasche trinke. McBurger, das ist die Burgerbude, die deswegen so berühmt ist, weil es sie in jeder Ecke Deutschlands gibt, nicht nur in der nördlichsten. Und weil sie darum so praktisch immer gleich in der Nähe ist und man nicht erst bis nach Sylt deswegen fahren muss. Oder schwimmen, weil Sylt ja nun mal eine Insel ist.

Ich hielt inne und las, was ich geschrieben hatte. Nicht sehr aufregend, aber immerhin, der Stil stimmte. Na, denn mal weiter. Autor sein heißt fleißig sein! Das schrieb jedenfalls dieser Uni-Dozent. Seiten füllen sich nicht von alleine.

Also, ich stehe da bei McBurger und trinke Fanta. Weil es ein bisschen kalt ist und Ostwind weht, trage ich meine Jeansjacke mit dem Lamafell als Innenfutter.

Bei Kracht trug der Held zwar 'ne Barbour-Jacke, aber weil ich nicht wusste, was das war, und ich so 'n Teil sowieso nicht hatte, griff ich da einfach auf was anderes Stylisches zurück. Lamafell war doch irgendwie auch hip.

Ich esse inzwischen den zweiten Doppelwhopper mit Curryketchup, obwohl mir nach dem ersten schon schlecht war.

Toff! Ging doch auch ohne Scampi.

Der Himmel ist blutrot.

Das fand ich dramatischer als blau. Und Wolken, die sich vor die Sonne schoben wie bei Kracht, waren ja auch öde. Ich wich darum vom Original ab.

Er ist immer rot, wenn die im Hüttenwerk Abstich machen.

Womit dann ja klar war, dass meine Story nicht auf Sylt, sondern im Ruhrpott spielte. Bei meiner Oma in Wanne, da waren die Sonnenuntergänge sowieso am besten. Und Ruhrpott war gut, da konnte ich dann ein paar Songs von Grönemeyer mit einbauen. – *Gib mir mein Herz zurück …*

War eh besser als *Modern Talking* wie bei dem Kracht. Da lag wenigstens in den Songs der geforderte dramatische Konflikt. Nur mit Scampi-Speien würde ich wohl kein Buch füllen können. Okay. Weiter.

Vorhin habe ich Verena …

Nee, bei mir musste es ein Typ sein, also:

… Carsten wiedergetroffen. Wir kennen uns noch von Salem.

Salem? Nee, im Ruhrpott kennt man sich nicht von Salem, sondern von der August-Bebel-Gesamtschule. Also noch mal.

Wir kennen uns noch von der August-Bebel-Gesamtschule, obwohl wir damals nicht miteinander geredet haben.

Jetzt wurde es schwieriger, denn Kracht beschrieb diese Verena, die ich zu einem Carsten gemacht hatte. Sollte ich den Helden als Vorbild nehmen? Aber der schmiss ja seine Haare nicht lachend in den Nacken und ob der gut im Bett war … hm … wer konnte das sagen?

Sollte ich nicht lieber jemanden nehmen, den ich besser kannte? Markus vielleicht oder Brian? Mal probieren.

Carsten sieht eigentlich ganz gut aus mit seinen kurzen, hochgegelten Haaren. Bisschen zu machomäßig für meinen Geschmack. Obwohl, so wie er lacht mit seinen weißen Zähnen, ist er sicher gut beim Küssen.

Ich merkte, wie ich rot wurde. Schon das mit dem Küssen war peinlich zu schreiben, Bett brachte ich echt nicht über mich. Warum waren diese Popliteraten nur alle so versaut? Egal! Wat mut, dat mut. Wenigstens diesen Absatz wollte ich als Übung noch zu Ende bringen.

Außerdem hat er mindestens schon zwei Gläser Chablis …

Quatsch! Markus, äh Carsten trank allenfalls Bier.

… zwei Gläser Bier getrunken.

Unsinn. Bier gab es nicht bei McBurger. Also konnte er es nur selbst mitgebracht haben an die Burgerbude. Dosen oder Flaschen aus einem Conti. Ich löschte die Gläser.

Außerdem hat er mindestens schon zwei Flaschen Bier aus seinem Conti getrunken. Er trägt auch eine Jeansjacke mit Lamafell, allerdings eine schwarze.

Hm, würde er ja allen Ernstes nicht mit ’ner Kneifzange anfassen, aber egal. Ist ja nur eine Übung.

Eben, als wir über Jeansjacken sprachen, hat er

gesagt, er wolle sich keine blaue kaufen, weil die schwarzen schöner aussehen, wenn sie abgewetzt sind. Das glaube ich aber nicht. Meine blaue Jeansjacke gefällt mir besser. Abgewetzte Jeansjacken, das führt zu nichts.

Was für eine hochdramatische Erkenntnis! Ich bekam einen Lachkrampf, an dem ich fast erstickte.

Auch wenn's bei ihm immer noch um Barbour-Jacken ging – eines war mir plötzlich klar: Christian Kracht zu kopieren, das führte ebenfalls zu nichts.

Musste ich mir also ein anderes Vorbild für meine ersten Gehversuche auf dem Gebiet der Popliteratur suchen. Vielleicht sollte ich überhaupt keine Popliteratin werden, sondern einfach nur einen *verdammt guten Roman* schreiben. Diesen Schlüsselroman über Piwi zum Beispiel, den ich ins Auge gefasst hatte. Das hätte den Vorteil, dass ich mich nicht unbedingt zu einem Gesamtkunstwerk stylen müsste. Ich konnte vielleicht doch auf die Kreppdauerwelle verzichten. Obwohl, schaden konnte es sicher nicht.

Ich griff noch einmal nach den Tipps für den verdammt guten Roman. *Die hohe Kunst, gute Dialoge und sinnliche, dramatische Prosa zu schreiben*, lautete das Kapitel, das ich zufällig aufgeschlagen hatte. Klang ehrlich gesagt doch etwas kompliziert.

Mist! Es ärgerte mich, dass ich mit so viel Elan an die Sache herangegangen war und nun einfach aufhören sollte, ohne auch nur ein winziges Stückchen Literatur zustande gebracht zu haben. Schien eine ziemlich zurückhaltende Küsserin zu sein, diese Muse der Dichtkunst.

Doch wie magisch klebte ich an meinem Computer fest. Und dann kam mir eine Idee. Hatte Brian nicht gesagt, er hätte gerne jemanden wie Alix, jemanden, der ihm ein paar Songtexte schreiben würde? Ich war ihm noch was schuldig für die Lebensrettung und so ein Songtext war doch echt ein tolles Dankeschön. Sofort machte ich mich ans Werk. Eine Hit-CD flutschte ins Laufwerk und startete mit Ozzy Osbournes *I'm just a dreamer.* Schon hatte ich den passenden Sound zur Untermalung.

So, jetzt her mit der Inspiration. Provokant musste es sein. Unbedingt. Ich versuchte mich daran zu erinnern, was für eine Art von Songs Brian im B248 mit seiner Band performt hatte. Ich war ja ziemlich oft von Kati in dieses Jugendzentrum geschleppt worden, als sie Brian noch wie verrückt hinterhergestiegen war. Hm, war so 'ne Hip-Hop-Mucke, bisschen krasses Zeug. Gegen Erwachsenenwelt, Umweltzerstörung und Drogenkonsum. Gute Themen eigentlich. Daraus musste sich doch was machen lassen.

Bei den ersten Sätzen, die ich tippte, merkte ich, wie viel näher mir Brians World als die Welt der Barbour-Jacken von Christian Kracht war.

Und dann wehte es mich doch tatsächlich auf einmal bedeutungsschwer an. Das ist es, dachte ich, das ist die Art, wie man Gedichte schreibt!

Hey, was ist das krass,
ihr redet nur von Hass
und sauft euch untern Tisch,
seid schon morgens nicht mehr frisch,
könnt das alles nicht mehr hören,
wollt euch gegen sie verschwören,
müsst die Welt von denen erben,
die sie immer nur verderben,
fressen Tiere, Wälder, Kinder
voll im Wahnsinn wie die Rinder,

schlagen alles kurz und klein.
Das soll eure Zukunft sein?
Macht doch Schluss mit dem Stuss,
aber setzt euch keinen Schuss!

Ich musste kurz verschnaufen und schaute ungläubig auf den Text, der auf meinem Monitor stand. Und glucksend stiegen weitere Dichterworte in mir hoch, allerdings irgendwie mit mahnendem Zeigefinger und schon gebraucht: *Nicht mitzuhassen, mitzulieben sind wir da!*

Schnell schrieb ich weiter.

Nein, wir können nicht mehr hassen,
darum woll'n wir sie verlassen,
gehen in ein bessres Leben,
wollen lieben und vergeben,
wollen leben, lieben, leben.
Macht doch Schluss mit dem Stuss,
aber setzt euch keinen Schuss!

Ich hatte wie eine Besessene getippt. Jetzt war ich völlig fertig und mir fiel nichts mehr ein. War ja ein bisschen abrupt, das Ende. Würde es reichen für einen Song? Ich las den Text noch mal und grübelte. War das nun gut? Ehrlich gesagt hatte ich keinen Schimmer. Aber für deutschen Hip-Hop passte es schon irgendwie. Hm, etwas kurz, aber vielleicht konnte Brian ja die eine oder andere Zeile wiederholen, die Verse ein bisschen durcheinander würfeln. Wichtig war ja auch der Sound und so wie ich seine Leute aus dem B248 im Ohr hatte, würden die da schon was Passendes hinbasteln. Gut, dann konnte ich ihm den Text jetzt ja eigentlich mailen.

Oder besser doch nicht? Vielleicht fand er das voll daneben und würde sich über mich lustig machen. Schließlich wollte er einen Songtext von einer Popliteratin und ich war nur Mila, seine Mitschülerin aus der Bank schräg hinter ihm. Mich verließ der Mut.

Vielleicht wollte er auch gar keinen deutschen Text, selbst wenn es ja in letzter Zeit durchaus angesagt war, Hip-Hop auch zum Verstehen zu schreiben. Aber frau wusste ja nie. Doch übersetzen? Nee, auf Englisch würde ich das nicht hinkriegen. Das klang dann wie gewollt und nicht gekonnt.

Ich starrte auf den PC-Monitor. Dann fiel mir ein, dass ich Brians E-Mail-Adresse gar nicht hatte. Hannas Bruder Martin, der Gelegenheits-DJ, hatte sie vielleicht, denn er kontaktete Brian öfters mal wegen CDs für seine Auftritte. Ich atmete erleichtert auf. Das verschaffte mir noch mal eine Denkpause.

Ich griff zum Handy und rief Hanna an.

Die gähnte erst mal verschlafen. »Weißt du eigentlich, wie spät es ist, Mädchen?«

Nee, wusste ich echt nicht. Hatte ich mich in meinem kreativen Schreibrausch auch nicht wirklich drum gekümmert.

»Es ist gleich Mitternacht.«

»Uups. Das tut mir Leid. Aber wo ich dich jetzt schon mal geweckt habe, könntest du mir vielleicht doch helfen.«

Hanna war hörbar nicht begeistert. »Hat das nicht bis morgen Zeit?«

Hatte es nicht. Wenn ich bis morgen warten musste, hatte ich bestimmt keinen Mut mehr, Brian den Songtext zu schicken. Ob ich Hanna anvertrauen sollte, worum es ging? Die würde bestimmt gleich wieder eine Romanze dahinter vermuten. Aber wenn sie das tat, dann würde sie bestimmt alles daransetzen, mir ganz schnell seine Adresse zu geben. Das war sie sich als anerkannte Kupplerin einfach schuldig. Also erzählte ich ihr in wenigen dürren Worten, dass ich Brian aus Dankbarkeit für die Lebensrettung einen Songtext geschrieben hätte und ihm den unbedingt sofort mailen müsste, weil mich sonst der Mut verlassen würde. Das entsprach ja schließlich auch der Wahrheit.

Wie erwartet war Hanna total aus dem Häuschen und sprang sofort aus dem Bett, um bei ihrem Bruder Martin die Adresse zu erfragen. Das dauerte dann allerdings.

»Ich ruf dich gleich zurück«, sagte sie schließlich genervt und unterbrach die Verbindung.

Sie meldete sich erst, als ich schon fast die Hoffnung aufgegeben hatte.

»Martin hat mich mal wieder nicht in sein Zimmer gelassen«, sagte sie zu ihrer Entschuldigung. »Ich glaube, der hat entweder einen Pornofilm geguckt oder einen illegalen Download gemacht. Jedenfalls war sein Computer blockiert. Aber jetzt hab ich die Adresse. Haste einen Stift? Dann schreib auf.«

Ich hatte und schrieb. Dann bedankte ich mich tausendmal.

»Keine Ursache. Viel Erfolg!« Und mit einem seltsam intimen Unterton in der Stimme fügte sie hinzu: »Vielleicht wird ja mehr draus.«

Mehr was? Ich kicherte, als ich meine Postbox öffnete. Da war mir Hanna echt ganz schön auf den Leim gegangen. Nur um mich mit Brian zu verkuppeln, hatte sie bis weit nach Mitternacht darauf gewartet, dass ihr Bruder endlich die Adresse rausrückte. Wirklich sehr aufopferungsvoll!

Ich tippte Brians Adresse und schrieb dann einen kurzen Begleittext.

Ich fand es klasse, dass du in Berlin als Einziger

etwas Sinnvolles unternommen hast, um mich vor dem Erstickungstod zu retten. Den anhängenden Songtext habe ich dir als kleines Dankeschön geschrieben. Vielleicht könnt ihr was damit anfangen, du und deine Band. Mila.

Dann hängte ich den Text an und ab ging die Post.

Pump, pump up den shit … dröhnte McRene aus dem CD-Player.

Mit zitternden Knien taperte ich ins Bad, um mich zu waschen und die Zähne zu putzen. Dann schlüpfte ich in meinen Pyjama, immer noch ganz schön aufgewühlt. Himmel, was hatte ich gemacht? Einem Jungen, den ich kaum kannte, einen Songtext geschickt, von dem ich nicht mal genau sagen konnte, ob er überhaupt gut war. Wenn der mich nun total auslachte? Furchtbar, immer diese spontanen Einfälle von mir. Ich war und blieb einfach peinlich!

Doch als ich an meinen Rechner trat, um ihn auszumachen, zeigte er eine neue Nachricht an. Total nervös rief ich sie auf. Sie war von Brian.

Ein paar dürre Sätze nur, aber ich fand sie einfach groovy!

Hi, Mila, schrieb er.

du bist ja echt 'ne Granate. Meine Kumpel werden Augen machen. Falls du mal wieder einen Text schreibst, kannste ihn auch so an mich weiterreichen. Ich meine, du musst nicht vorher fast ersticken.

Schlaf gut.

Brian.

Ich konnte nicht anders, ich musste Hanna noch mal anrufen. »Er will ihn seinen Kumpels zeigen! Heißt das, dass er den Song gut findet?«

Hanna klang noch verschlafener als bei meinem ersten Anruf.

»Heißt es«, lallte sie verpennt. »Und wenn du jetzt nicht aufhörst mich anzurufen, hast du vielleicht einen Verehrer mehr, aber eine Freundin weniger!«

Ich hatte Erbarmen.

Nun hätte meinem Karrierestart als Schriftstellerin ja eigentlich nichts mehr im Wege gestanden, wenn da nicht noch die Schule gewesen wäre. Eine echt lästige Angelegenheit. Besonders, weil sie mit Lebewesen wie Lehrern bevölkert war und darunter noch mit so ausgesprochen fiesen Exemplaren wie Mathelehrer Rumpelstilzchen, der strengen Englischlehrerin Mrs Muddle und dem Bundeswehrsportlehrer Sprinter. Der Gedanke an die versaute mir den ganzen Morgen.

Mama lag noch im Bett, was ich nach ihrem ausschweifenden Date gestern gut verstehen konnte. Daher machte ich mir ein schnelles Single-Frühstück; ich schüttete nahrhafte Frühstücksflocken in eine Schüssel, kippte Milch darüber und löffelte sie unlustig in mich rein. Zum Teekochen hatte ich keinen Bock und eigentlich – wie mir ein Blick auf die Uhr zeigte – auch keine Zeit mehr.

Hatte Mama es gut, dass sie erst um zehn Uhr ihren Frisiersalon aufzumachen brauchte! Ich musste schon zwei Stunden eher in der Schule antanzen, obwohl ich ja in der letzten Nacht auch nicht viel mehr Schlaf bekommen hatte.

Und dann stand auch noch Sport in der ersten Stunde auf dem Plan. Seit Sprinter Hanna so fies aus der Olympia-AG rausgeekelt hatte, war der für uns drei ein rotes Tuch. Hoffentlich kriegen wir im nächsten Schuljahr endlich mal eine Sportlehrerin, dachte ich frustriert, als ich mein Sportzeug in die Tasche stopfte.

Ich sprang in die Jacke, raffte meinen Schulkram an mich und rannte zu meinem Fahrrad.

Ziemlich atemlos kam ich in der Schule an. Hanna und Kati standen schon mit einem Grüppchen anderer Mitschüler vor der Sporthalle und schienen sich angeregt mit Brian zu unterhalten.

Ach du gekringelter Lindwurm! Brian! Den hatte ich ja völlig vergessen. Meine Bewegung stockte und meine Füße weigerten sich einfach, weiter über den Schulhof zu gehen. Der furchtbare Gedanke, der eben in meinen Kopf geschossen war, musste eine abrupte Lähmung ausgelöst haben.

Das ... das hatte ich doch nicht wirklich gemacht heute Nacht? Ich hatte doch nicht wirklich einen Songtext geschrieben und den auch noch postwendend an Brian gemailt? War ich denn völlig durchgeknallt? Kein Wunder, dass die da alle um Brian herumstanden. Vermutlich las er ihnen gerade genüsslich meine albernen Schreibversuche vor und alle lachten sich schlapp über das Gestümpere. Wie konnte ich nur so etwas Unüberlegtes gemacht haben?

Ich wollte mich grade umdrehen und fluchtartig das Schulgelände verlassen, als Hanna zu mir rüberwinkte und rief: »He, Mila! Komm mal schnell! Wir machen hier die Unterschriftenaktion gegen Sprinter! Los, du musst auch noch unterschreiben, ehe er auftaucht!«

Mann, fiel mir aber bei ihren Worten ein Stein vom Herzen!

»Worum geht's noch mal?«, fragte ich etwas unorientiert, als ich an der Turnhalle ankam. Nach dem Schreck eben hatte ich noch nicht alles wieder auf dem Schirm.

»Du weißt doch, was vor der Berlinfahrt passiert ist«, sagte Hanna aufgebracht. »Und wir Mädchen wollen das nicht auf sich beruhen lassen. Wir sind der Meinung, dass wir endlich eine Jungen- und eine Mädchensportgruppe einrichten sollten. Wir wollen den Direx bitten, dass wir Frau Wolter als Sportlehrerin kriegen.«

Mir dämmerte es nun langsam wieder. Wie damals beschlossen, hatte Hanna als Klassensprecherin eine Unterschriftenliste vorbereitet, in die sich nun jeder eintragen konnte. Auch die Jungen, wenn sie die Sache unterstützten.

Klar, dass da die Meinungen auseinander gingen. Besonders Kiwi und Knolle, die größten Grabscher in der Klasse, sahen ihre Beute davongaloppieren und zickten entsprechend rum.

»Ich finde Sprinter ganz okay«, sagte Knolle gerade. »Wenn ihr nicht ständig eure Tage vorschieben würdet, wenn ihr keine Lust zum Training habt, wäre der auch nicht immer so frustriert.«

»Wer schiebt hier seine Tage vor?«, giftete Vanessa ihn sofort an.

»Na, du zum Beispiel! Du willst doch nicht behaupten, dass du das letzte Mal vor der Berlinfahrt wirklich nicht mitmachen konntest.«

»Konnte ich auch nicht!«

»Wegen deiner Tage! Interessant! Und am Nachmittag im Schwimmbad, da hab ich wohl deinen Klon gesehen?«

Vanessa schwieg ertappt. Aber diesmal wurde sie sogar von Hanna in Schutz genommen.

»Also ehrlich, Knolle, das geht dich ja nun gar nichts an. Und wenn ihr es schon genau wissen wollt:

Wir wollen nicht nur Sprinter loswerden, sondern auch euch. Wir sind eure ständigen anzüglichen Bemerkungen und das Gegrabsche einfach leid.«

»Genau«, konnte ich ihr nur zustimmen. »Und da weder Sprinter noch ihr ohne eure frauenfeindlichen Äußerungen auskommt, müssen wir eben zur Selbsthilfe schreiten.«

»Ui, ui«, quiekte Kiwi. »Mila lässt mal wieder die Emanze raushängen. Vorsicht, gleich kratzt sie uns die Augen aus!«

»Da wüsste ich ein brisanteres Körperteil, an dem ich mich vergreifen könnte«, sagte ich und machte eine drohende Gebärde zur unteren Mitte seines Körpers.

Verschreckt hielt er die Hände vor sein bestes Stück.

Interessanterweise ergriff Brian für uns Partei. »Gib her, die Liste, Hanna«, sagte er locker. »Ich unterstütze das. Ich kann es gut verstehen, wenn ihr beim Sport unter euch sein wollt.« Er unterschrieb. Als er sich umdrehte, sahen wir uns direkt in die Augen. Himmel, waren seine vielleicht blau! Da hatte Kati Recht, echt außerirdisch. Natürlich musste ich gleich wieder an meine nächtliche Aktion denken und wünschte mich vor Verlegenheit gleich wieder sonstwo hin. Nur weg von ihm.

Aber dann lief alles ganz cool. Er grinste mich breit an und sagte dann etwas leiser, damit es nicht jeder mithörte: »Hey, krasser Text, das heute Nacht. Hab schon einen Hammersound im Ohr dafür. Wenn wir den bei der nächsten Jam-Session performen, wird das voll fett. Haste was dagegen, wenn wir den gleich mit ins Programm für die Vier-Chancen-Tournee nehmen? Kriegst natürlich 'ne Einladung – für deine Freundinnen auch.«

Das war ja mega! Aber musste er das hier vor allen Leuten ausposaunen? Markus kriegte schon lange Ohren und Kiwi fielen seine Stielaugen fast aus dem Kopf.

Mit Markus, das war mir ja echt etwas peinlich. Wenn der nun mitbekam, dass ich für Brian Texte schrieb! Andererseits, was ging er mich schon an? Eine Liebeserklärung, der keine Taten folgten, konnte frau doch knicken. Und wenn er sich zu schade war, jemandem hinterherzulaufen, dann war ich es schon lange! Gott sei Dank waren für die meisten meiner Mitschüler Hanna und Sprinter ohnehin sehr viel interessanter als meine dichterischen Anwandlungen und so konnte ich erleichtert aufatmen. Es kam sogar etwas wie Freude und Stolz in mir auf. Krass! Brian schien meinen Text ja echt gut zu finden. Er wollte tatsächlich einen Song daraus machen und sogar noch öffentlich damit auftreten. Ich glaubte es ja nicht!

Mein Blick fiel auf Kati. Die wusste ja wohl noch gar nicht Bescheid!

»Kati«, rief ich. »Kann ich mich mal einen Moment an dir festhalten, ich glaube, ich hebe grade ab.«

Da sie tatsächlich noch keine Ahnung hatte, sah sie mich etwas irritiert an. Als gute Freundin bot sie mir jedoch natürlich ohne große Fragerei ihre Unterstützung an.

»Mach nur«, sagte sie. »Wenn der Auftrieb zu stark ist, schwebe ich halt mit.«

Pegasus und Wolkenkranich

»Und was ist mit dir, Markus?«, fragte Hanna. »Gibst du uns auch deine Unterschrift?«

Da war ich ja wirklich mal gespannt, ob er sich als anerkannter Klassenmacho gegen seine Kumpels auf die Seite der Mädchen stellen würde.

Er nahm Hanna die Liste aus der Hand. »Hätte ich gemacht, kannst es mir glauben. Aber da stehen Leute drauf, mit denen würde ich mich nicht an einen Tisch setzen, geschweige denn auf eine Liste.«

Hanna starrte ihn mit offenem Mund an und ich muss sagen, ich war genauso perplex. Er hatte doch damals Sprinter so klar Paroli geboten und jetzt so was? Was sollte das denn werden, wenn es fertig war? Und wen zum Teufel meinte er überhaupt? Vanessa?

Oder doch nicht etwa Brian?

Aber eigentlich konnte die Anspielung nur Brian gelten. Ja, war Markus denn jetzt ganz durchgeknallt? Ein bisschen Abneigung ist ja okay, steht nirgends geschrieben, dass man alle seine Mitschüler lieben muss, aber diese Disserei von ihm war schon echt ätzend.

»Meint er Brian?«, fragte ich Kati dennoch sicherheitshalber.

»Ich glaube schon, auf den hat er doch schon immer einen Pik. Dass Brian sich mit uns solidarisiert hat, muss ihn total ärgern.«

»Aber das ist doch Brians gutes Recht«, flüsterte ich zurück. »So ein Benehmen können wir Markus echt nicht durchgehen lassen!«

»Vielleicht ist er sauer, weil du eben mit Brian geredet hast. Könnte er eifersüchtig sein?«

»Quatsch. Dazu hat er überhaupt keinen Grund. Ich hab euch doch schon tausendmal gesagt, dass da nichts läuft zwischen ihm und mir.«

Kati zuckte die Schultern. »Dann weiß ich auch nicht.«

Hm, dachte ich, muss Hanna wohl ein bisschen unterstützen. Die hatte sich allmählich wieder gefangen. Machte den Mund zu und wollte Markus die Liste einfach aus der Hand nehmen. Der hielt sie aber fest. Zeit für Supergirl, einzuschreiten.

»Gib uns die Liste wieder, Markus«, verlangte ich und bemühte mich dabei, möglichst straight zu wirken.

Markus drehte sich zu mir herum. »Aaah, Mila, unsere Popliteratin! Was kriege ich denn dafür, wenn ich sie dir gebe? Schreibste mir auch ein Gedicht oder machst du das nur für Aushilfslehrer und Möchtegernmusiker?«

Also hatte er tatsächlich mein Gespräch mit Brian belauscht. War er womöglich wirklich eifersüchtig, dass ich einen Song für Brians Band geschrieben hatte? Hm, das würde ja heißen … Und wenn schon. Wenn er was von mir wollte, dann war das hier bestimmt der falsche Weg, mich anzubaggern.

Ich machte einen Schritt auf ihn zu, um ihm die Liste aus der Hand zu nehmen. Aber ganz plötzlich stand Brian zwischen uns. Ehe wir irgendetwas tun konnten, sagte er in einem Tonfall, als spuckte er Markus die Worte vor die Füße: »Gib – ihr – die – Liste! Sofort!«

Kiwi und Knolle wirkten alarmiert und bauten sich wie zwei Bodyguards neben Markus auf. Nein, wie gefährlich! Grins! Besonders Kiwi, dieser Sockensortierer.

Brian war zwar ein kleines Stückchen größer als Markus, aber er war allein. Das heißt, eigentlich war er ja nicht allein, denn der größte Teil der Mädchen aus der Klasse hatte sich hinter ihn gestellt. Die Jungs standen entweder in der Nähe von Markus oder machten es wie Tobi und hielten sich raus.

»Was denn jetzt?«, zischte ich Hanna zu. »Wollen die sich kloppen?«

»Glaube schon.«

»Mist.«

»Die Liste!«, verlangte Brian noch einmal.

»Was für eine Liste? Was ist das hier für ein Auflauf?«

Wir alle fuhren herum. Unbemerkt hatte unser Sportlehrer Sprinter den Schauplatz der Auseinandersetzung betreten. Ach du Schreck! Wenn der jetzt noch vor dem Direx die Liste in die Finger bekam, na dann prost Mahlzeit!

Immerhin trieb sein Auftauchen sofort die beiden Kampfgockel auseinander. Ich atmete erleichtert auf und das war garantiert das erste Mal, dass ich der Anwesenheit von Sprinter irgendetwas Positives abgewinnen konnte.

Jetzt stand er allerdings vor Markus. »Was ist das für eine Liste?«, fragte er noch einmal mit kaum unterdrückter Neugier. »Gib mal her.«

Oh nein! Markus würde ihm doch die Liste nicht etwa geben? Die musste doch zuallererst zum Direx.

Markus grinste. Es schien seiner Machoseele zu gefallen, so im Mittelpunkt des Interesses zu stehen und dann auch noch die Macht zu haben. Denn es war ganz klar, dass er glaubte, uns mit der Liste alle in der Hand zu haben.

Sprinter wurde ungeduldig und wollte sie Markus, wie schon Hanna es versucht hatte, einfach aus der Hand ziehen. Aber Markus hielt fest.

Wenn der uns jetzt an Sprinter verpfiff, bevor wir die Sache hieb- und stichfest gemacht hatten, war er für mich für alle Zeiten gestorben. Vielleicht sollte ich ihm das mal verdeutlichen. Ich ging einen Schritt auf ihn zu und drängelte mich zwischen ihn und Sprinter. »Äh, Entschuldigung, Herr Sprinter, aber das ist meine Liste. Da sind alle Leute drauf, die zu meiner Party am nächsten Samstag kommen wollen.« Und zu Markus sagte ich, so freundlich ich konnte: »Hast du dich jetzt eingetragen, Markus? Ich würde es einfach klasse finden, wenn du und Brian für die Musik sorgen könntet.«

Markus starrte mich sprachlos an und diesen Moment der Schwäche nutzte ich aus, ihm die Liste aus den Fingern zu zerren.

Mit einem Jubelruf schwenkte ich sie über dem Kopf und rannte auf Hanna zu.

»Los, zum Direx!«, rief ich, packte sie am Arm und riss sie mit mir fort über den Schulhof zum Verwaltungstrakt. Dabei schrie ich zu Sprinter hinüber: »Wir kommen etwas später zum Unterricht, wir müssen noch dringend was im Rektorat abgeben.«

»Wie hat er ausgesehen?«, fragte ich Hanna, als ich mich keuchend an die Wand im Flur zum Lehrerzimmer lehnte.

»Als wenn man ihm einen Eimer Wasser über den Kopf gekippt hätte. Wie ein begossener Pudel.«

Hanna kicherte. »Mensch, Mila! Das war ja mal wieder ’ne Aktion von dir.« Und leicht rüffelnd setzte sie hinzu: »So wird das aber nix mit Markus und dir. Ich bin mir nicht sicher, ob er dir das jemals verzeihen wird.«

»Muss er gar nicht«, sagte ich grinsend. »Ich stehe nach wie vor nicht auf Machogehabe und ehrlich gesagt ist Brian mit seinen überirdisch blauen Augen doch viel süßer.«

Hanna schaute mich durchdringend an.

»Tja, und außerdem steht er auf deine Texte, stimmt’s? Klar, dass ihn das für dich attraktiv macht.«

Ich hätte gelogen, wenn ich das geleugnet hätte.

Das Gespräch beim Direx verlief dann sehr sachlich. Da wohl auch von Elternseite eine Reihe von Beschwerden gegen Sprinters Sportunterricht vorlagen, war er ebenfalls an einer raschen und einvernehmlichen Lösung interessiert. Er nahm die Unterschriftenliste in Empfang und versprach kurzfristig eine Fachlehrerkonferenz einzuberufen, um überprüfen zu lassen, ob bei einer Zusammenlegung mit den Parallelklassen eventuell getrennte Sportgruppen für Jungen und Mädchen angeboten werden könnten.

»Wir müssen sehen, ob das überhaupt im Stundenplan unterzubringen ist«, sagte er abschließend.

»Ach, das kriegen Sie mit etwas gutem Willen schon hin«, verströmte ich Zweckoptimismus. So ganz sicher war ich mir nämlich nicht, ob das alles unseren lieben Lehrern nicht viel zu unbequem war. Und Sprinter würde natürlich nicht entzückt sein und versuchen, die Kollegen auf seine Seite zu ziehen. Dabei konnte er doch eigentlich froh sein, uns Mädchen loszuwerden, denn wirklich was anfangen konnte er mit uns noch nie. Dazu waren wir ihm einfach nicht kasernenhoftauglich genug. Wir Weicheier!

In Deutsch las uns Frau Kempinski einen Brief von Pit Winter vor. Darin bedankte er sich noch mal für die erlebnisreiche Klassenfahrt und schickte uns ein paar Fotos, die er gemacht hatte. Auf einem war ich mit Brian an Brechts Grab zu sehen und auf einem anderen versuchte Markus mich gerade auf das Flügelpferd zu ziehen.

»Willst du das Foto?«, fragte Markus, als ich es noch ganz in Gedanken betrachtete.

Ich schüttelte den Kopf. »Nee, du kannst es haben, wenn du willst.«

»Wenn du es mir gibst, kann ich es scannen und dir einen Abzug davon ausdrucken. Soll ich es als Poster vergrößern?«

Er lachte frech. Was ich an ihm wirklich hasste, war diese selbstgerechte Überheblichkeit. Sollte ich mir vielleicht ein Poster von ihm an die Wand klatschen? Uups, hatte ich wieder mal laut gedacht?

»Ja, warum nicht«, sagte er grinsend. »Vanessa würde es bestimmt tun!«

Vanessa! Die würde doch jeden Gaul an ihre Wand hängen, ob mit oder ohne Markus!

Am Nachmittag hockte ich mit Hanna und Kati bei uns in der Sauna. Zwar wollte ich abends noch zu Mama in den Salon, um mich doch noch wenigstens ein bisschen in Richtung Gesamtkunstwerk stylen zu lassen, aber der Zoff in der Schule erforderte ganz dringend eine Gegenaktion mit Verwöhnaroma. Sauna war da immer ideal.

Natürlich gab es nur ein Thema: den unmöglichen Auftritt von Markus.

»Ich verstehe den Typ einfach nicht mehr«, meinte Hanna mit leicht verzweifeltem Unterton in der Stimme. »Der sieht so gut aus, ist intelligent und kann total nett sein. Warum lässt er bloß immer wieder den Macho raushängen?«

»Keine Ahnung.« Ich musste da auch passen.

»Er hat mich bei der Casting-Sache so positiv gegen Sprinter unterstützt, mehr als Branko, und jetzt führt er sich wieder auf wie der schlimmste Mädchenhasser.«

»Meinste, der hat da irgendein frühkindliches Trauma?«, fragte Kati, unsere Hobbypsychologin.

»Na, das Trauma scheint eher spätkindlich, um nicht zu sagen pubertärer Natur, zu sein. Und, äh, falls du den Namen seiner Krankheit wissen möchtest: Ich würde sagen: B-R-I-A-N.«

Kati schnaufte auf und sah von der unteren Saunabank fassungslos zu mir hoch.

»Was guckst du?«, fragte ich kichernd. »Melde die beiden zu *Zwei bei Kallwass* an und wir wissen mehr!«

»Meinst du echt?«

Natürlich nicht! Aber im Grunde würde das echt ’ne spannende Sendung werden. Ich seufzte. Wie schön, dass wenigstens Kati mit diesem Traumtänzer Tobi nun in der Liebe offenbar das richtige Los gezogen hatte.

»Die Sache mit dem Liebestest hat sich nun wohl erledigt«, sagte ich.

»Echt? Das ist aber schade«, meinte Hanna bedauernd. »Wo ich doch jetzt so ein paar richtig geile Einfälle für einen Testbogen habe.«

»Wollen wir ihn nicht mal wenigstens so ein

klitzekleines bisschen antesten?« Auch Kati schien es gar nicht zu gefallen, dass ich ihren Freundschaftsdienst nun einfach ablehnte. »Wir haben schon so viel Zeit dafür investiert.«

»Kannst den Test ja statt mit Markus mit Brian machen«, schlug Hanna vor. »Vielleicht war er ja der heimliche Küsser von Berlin!« *Kisser of Berlin!* Kicher!

Oh Himmel, nein! Konnte ich ihren Kuppelei-Ideen denn nicht mal in der Sauna entkommen?

Ich entfloh unter die Schwalldusche. Aber nur zu einem ganz kurzen Aufatmen, denn schon gesellten die beiden sich zu mir und begannen sich gegenseitig mit dem Schlauch abzuspritzen.

»So ein Test ist immer gut!«, brüllte Hanna und quiekte schrill auf, als der eisige Wasserstrahl sie traf. »Für ein Mädchen wie dich, das keinem Typ traut, ist er sogar die einzige Lösung.«

»Lösung wofür?«, schrie ich zurück.

»Für ihr Beziehungsproblem!«

Ich sprang unter der Dusche hervor, riss den Schlauch an mich und spritzte wie wild auf die beiden los. »Noch ein Wort und ich treibe euch mit dem Ding hier bis in den Vorgarten!«

Kreischend flohen sie in den Ruheraum und hielten die Tür zu. Ich stellte das Wasser aus.

»Okay, okay! Aber keinen Satz mehr über Kerle, Lehrer und Beziehungskisten.«

»Kannst uns ja gleich einen Knebel in den Mund stecken«, meinte Hanna zynisch. Dann griff sie nach einem Stapel Lesemappenhefte und packte sich in ein Handtuch gewickelt auf die Matratzenlandschaft. Wenn ich daran dachte, wie es hier nach Knolles und Kiwis Kübelorgie ausgesehen hatte! Liebes Lieschen! Kati warf eine CD mit Hits aus den Charts ein und zündete das Teelicht unter dem Duftölverdampfer an. Endlich breitete sich mit dem frischen Zitronenaroma auch die entspannende Stimmung aus, nach der ich seit heute Morgen gelechzt hatte. Wellness pur.

Warum war das Leben eigentlich immer so unendlich kompliziert, wenn Männer darin auftauchten? Gott konnte wirklich froh sein, dass er seiner Erschaffung Adams die von Eva noch nachgeschoben hatte. Wenn wir Frauen nicht immer in letzter Minute alles rausreißen würden, wäre die Welt vermutlich längst untergegangen.

Wie hieß es doch so treffend? Als Gott den Mann schuf, hat er noch geübt.

Ich betrat Mamas Frisiersalon kurz nach Geschäftsschluss, so wie ich es jeden Abend machte, seit ich mit dem Aufräumen und Saubermachen mein Taschengeld aufbesserte. Meine Freundinnen beneideten mich, weil ich dadurch über ein paar frei verwendbare Geldmittel verfügte, was zugegebenermaßen ziemlich praktisch war. Wenn ich Hanna so erlebte, die ihren Eltern wirklich jeden Cent abbetteln oder durch super Klassenarbeiten aus den Rippen leiern musste, ging es mir echt hundertmal besser. Allerdings war es auch ziemlich viel Arbeit und sie musste regelmäßig gemacht werden. Na ja, ungefähr so verantwortungsvoll wie Hannas Babysitting. Kati war die Einzige von uns, die ein so reichlich bemessenes Taschengeld bezog, dass sie bisher noch nie den Drang verspürt hatte, es mit einem Nebenjob aufzubessern. Das heißt, sie hatte irgendwie so eine karitative Ader, dass sie eine ganze Menge Dinge unentgeltlich tat, für die sie eigentlich locker hätte abkassieren können. So gab sie

Brian schon seit einigen Monaten in Mathe Nachhilfe, ohne je eine Gegenleistung dafür verlangt zu haben. Im Gegensatz zu mir hatte sie aber anscheinend auch nicht viele Bedürfnisse. Was sie an esoterischem Schnickschnack brauchte, bekam sie meistens aus dem Shop ihrer Mutter, der stadtbekannten Hexe, wie Vanessa sie mal bezeichnet hatte. Wenn die mit ihrem sanften Aussehen und den großen Rehaugen eine Hexe war, dann war meine Mutter mindestens ein Feuer speiender Drache.

Gerade jetzt, als ich den Laden betrat, war sie mal wieder kurz vorm Ausbruch und der Qualm quoll ihr aus den Nasenlöchern, so ärgerlich war sie.

»Ich frage mich, welches Gesetz mich zwingt, solche Kundinnen zu bedienen? Bin ich hier der Fußabtreter für unbefriedigte Frauen von Provinzpolitikern?«

Oh nein, nicht wieder die Frau vom Bürgermeister! Doch sie war es. Diese unglückselige Person hatte sich offenbar wieder mal voll danebenbenommen und war somit dabei, mir meine popliterarische Kreppdauerwelle zu versauen. Denn Mama war so aufgeheizt, dass ich sie zwar als Lockenbrennschere hätte benutzen können, sie in diesem Zustand allerdings eine Dauerwelle machen zu lassen, grenzte an Selbstverstümmelung.

»Lass uns Pizza essen gehen«, schlug ich also vor. »Ich lade dich ein.«

»Keine Dauerwelle heute?«

Ich schüttelte den Kopf. »Keine Dauerwelle.«

Sie atmete erleichtert auf. »Und du bist nicht sauer auf mich?«

Ich schüttelte noch mal den Kopf. »Nein, echt nicht. Ich hatte heute auch nur Stress. Läuft uns ja nicht weg.«

Sie drückte mir einen Kuss auf die Wange. »Gutes Kind.«

Wir räumten schnell gemeinsam auf und dann setzten wir uns in ihren Sportflitzer und düsten mit röhrendem Auspuff zu Vittorios Trattoria an der Piazza Italiana, äh, dem Italienischen Platz. Da hatten unsere italienischstämmigen Mitbürger mit einer Ansammlung wunderbarer italienischer Lokale und Lebensmittelgeschäfte ein wenig Mittelmeer-Atmo in unsere Grünkohl- und Mettwurstlandschaft gezaubert.

Schon der sehr freundliche, familiäre Empfang versöhnte uns ein wenig mit dem Tag und als dann meine Siciliana vor mir stand, der Oregano duftete und vom heiß zerfließenden Käse noch der Dampf aufstieg, da war die Welt erst mal wieder vollkommen in Ordnung.

»Und, was war nun mit der Frau Bürgermeisterin?«, bot ich schließlich meiner Mutter Gelegenheit zum Frustablassen. »Was hat sie wieder angestellt?«

»Sie hat eine Luxusdauerwelle und einen neuen Grundschnitt machen lassen und hat dabei die ganze Zeit nur von ihrem dämlichen Schoßhund erzählt. Was für einen tollen Friseur sie für den gefunden hätte und wie gefühlvoll der doch mit dem Tier umginge und was für ausgesuchte Produkte er verwenden würde und das sei ja alles so viel komfortabler als in meinem Salon und dabei sei der doch nur für Hunde und meiner für Menschen und wenn ich einen Kredit für eine Modernisierung bräuchte, dann könnte ihr Mann, der Bürgermeister, mir sicherlich behilflich sein und sie wolle es ja nur anbieten, weil doch ihr Hundefriseur so einen wirklich exquisiten Service biete …«

»Und du hast dir das wirklich so lange angehört?«, fragte ich erstaunt.

»Ja, hab ich. Genau bis zu dem Punkt, bis zu dem ich eben erzählt habe …«

»Und dann?«

Ich war gespannt wie 'n Flitzebogen.

»Tja, dann hab ich gefragt, ob ich ihr auch ein Schleifchen ins Haar binden soll oder ob sie ihre Frisur nicht lieber gleich bei ihrem Hundefriseur machen lassen wolle …«

»Nein, das hast du nicht ernsthaft gemacht?«

Meine Mutter schaute mich ein wenig geknickt an und sagte sehr ernst: »Doch, das habe ich. Wir werden wohl zwei Drittel unserer Kundschaft verlieren und in Zukunft am Hungertuch nagen müssen.« Dann fügte sie kichernd wie ein Schulmädchen hinzu: »Ich könnte allerdings alternativ auch einen Hundesalon aufmachen!«

Ich schüttelte fassungslos den Kopf. Das wollte nun eine erwachsene Geschäftsfrau sein. »Du bist und bleibst unmöglich, Mama.«

Tja, da wurde mir ja mal wieder wirklich klar vor Augen geführt, warum ich gelegentlich zu ähnlichen Ausbrüchen neigte.

»Hast du sie fertig frisiert?«

Mama schüttelte den Kopf. »Sie ist mit einem Tuch um den Kopf aus dem Laden gerast – ich nehme an, direkt zum Hundefriseur.«

»Sie werden dich steinigen. Die versammelte Prominenz unserer Stadt wird dich boykottieren.«

»Ach was, dann kommt eben die Opposition und wenn ich beim nächsten Schaufrisieren erneut die Goldmedaille hole, kriechen sie alle garantiert wieder an.«

Ich grinste, denn damit hatte sie sicher Recht.

Kurz bevor wir aufbrachen – Mama hatte schon die Rechnung bezahlt, von der Einladung meinerseits wollte sie nichts wissen –, musste ich aber doch noch eine persönliche Frage loswerden.

»Ähm. Wegen Pit Winter. Äh, also, triffst du dich eigentlich jetzt regelmäßig mit dem?«

Mama wich meinem Blick aus und beschäftigte sich mit ihrer Geldbörse. »Gelegentlich.«

»Bist du in ihn … äh … verliebt?«

Sie sah mich nun doch forschend an. »Ich weiß nicht.«

Aha. »Sagst du es mir, wenn du es weißt?«

Sie lachte etwas verlegen und stand auf. »Vielleicht, falls der Fall eintritt. «

Ich wünschte inständig, dass der Fall nie eintreten möge.

Zu Hause trieb es mich trotz der späten Stunde noch einmal an meinen PC. E-Mails checken. Auch wenn ich eigentlich nicht wusste, wer mir denn schon eine schicken sollte. Irgendwie war man von der Kiste inzwischen ganz schön abhängig. Aber gut, früher hatte ich auch ständig in den Briefkasten geschaut.

Ich rief meine Postbox auf und freute mich, weil sie drei neue Nachrichten anzeigte.

Die eine war von Hanna.

Hi, Mila!

Im Anhang sende ich dir mal den Entwurf für den Liebestest. Kannst ja mal reinschauen, vielleicht bist du dann nicht mehr so abgeneigt, deine potenziellen Verehrer damit durchzuchecken.

Funkelnde Grüße

Hanna.

Hm. Das Mädchen ließ einfach nicht locker.

Aber heute Abend hatte ich echt keine Lust mehr, mich damit zu beschäftigen. Vielleicht konnte ich den Test ja an Mama weiterreichen, die hatte wohl anscheinend echten Bedarf, wenn sie nicht mal wusste, ob sie in Piwi verliebt war oder nicht. Möglicherweise gab sie ihm ja den Laufpass, wenn er da schlecht abschnitt.

Okay, aber heute nicht mehr.

Mal sehen, wer mir noch geschrieben hatte. Hm, komischer Absender: One-two-three. Wer sollte das denn sein? Aufmachen? Oder konnte sich dahinter ein Wurm verbergen? Schwups, schon war die Nachricht offen. Eine schrille Musik ertönte und ein paar Palmen wedelten im Wind. Dann erschien eine Schrift:

Mit One-two-three eins, zwei, drei in den Urlaub! Buchen Sie jetzt ihren Karibikurlaub!

Täte ich ja gerne, dachte ich, aber da Mama uns heute mit ihrer Spontanaktion gegen die Frau des Bürgermeisters womöglich die Existenzgrundlage entzogen hatte, war das wohl erst mal nicht drin. Ich löschte die Nachricht und wendete mich der dritten E-Mail zu. Auch sie hatte einen mir unbekannten Absender: Pegasus. Was sollte das denn heißen? Ich zögerte, die Nachricht zu öffnen. Dann siegte die Neugier.

Wie süß. Auf meinem Monitor erschien ein sich drehendes Herz und dann die Schrift: *Triff mich im Chat – da sitze ich gefangen, bis du mich befreist. Jeden Abend um 22 Uhr! Bitte erlöse mich!*

Dann folgte die Adresse des Chatrooms. Hm? Was sollte ich denn davon halten? Aber es war ja nicht uninteressant herauszufinden, wer da auf einem Dichterross in den Chat galoppieren würde. Dennoch, heikle Sache. Da brauchte ich Rat. Ich griff zum Handy und rief Hanna an. Ach du Schreck! Jetzt hatte ich sie wieder im Bett erwischt.

»Hanna, tut mir echt Leid, aber ich brauche deinen Rat.«

Ein matter Seufzer. »Wie immer. Wirst du auch mal alleine fertig werden können im Leben?«

»Im Leben schon, aber nicht im Internet!«

»Hä?«

Ich erzählte ihr von der ominösen Nachricht und sofort war ihr detektivischer Spürsinn geweckt.

»Das hört sich ja fast so an wie bei meinem Handy-Lover damals«, sagte sie. »Los, wir machen es zusammen.«

Geniale Idee! Hach, was war ich doch für ein Glückskind, eine solche Freundin zu haben.

Ich rief den Chat auf. »Wie soll ich mich denn einloggen?«

»Auf keinen Fall mit deinem richtigen Namen.«

Grübel, grübel.

»Nimm irgendwas, nur nicht zu albern oder zu schmalzig.«

»Regenbogen?«

»Nee, seit der Catterfeld wimmelt der Internethimmel davon.«

Mir kam eine Idee. Ich konnte doch was aus dem Brechtgedicht nehmen, das Piwi in Berlin vorgetragen hatte.

»Wie findest du Wolkenkranich?«

»Schön. Total romantisch, ein Symbol für die Liebenden. Hoffentlich ist es nicht irgendein Sexchat!«

»Sieht im Moment nicht danach aus. Also, dann logge ich mich jetzt ein.«

»Hat er dir ein Passwort für den privaten Chatroom geschrieben?«

»Ja. Soll ich es eingeben?« Mir zitterten die Finger. Wie irre war denn das? Klar, natürlich chattete ich ab und zu, aber dass mir jemand anonym ein Chat-Date anbot, das war eine völlig neue Erfahrung.

»Nun mach schon. Ich will auch mal schlafen gehen. Bin gespannt, ob jemand da ist.«

Es war jemand da.

1 User ist online, stand da. Und wer war das? Ich schaute ins Infofeld. Irre, tatsächlich Pegasus!

»Er ist da, er ist wirklich da«, flüsterte ich ins Handy.

»Warum flüsterst du, er kann dich doch nicht hören oder haste die Webcam an?«

»Natürlich nicht«, sagte ich leicht verlegen, weil ich mich so albern benahm. »Was soll ich denn jetzt machen?«

»Steht 'ne Empfangsnachricht drin?«

»Ja. *Wolkenkranich plumpst in den Chatroom.*«

War zwar kreativ, ruinierte aber gleich meinen romantischen Nickname. Wann hatte man je einen Kranich derart ungraziös einen Chatraum betreten sehen? Klang eher nach komplettem Abschuss. Taumel, krach. Schwups, schon hatte ich das getippt.

Wolkenkranich: *Taumel. Krach!*

»Hanna, ich bin bescheuert!«, stöhnte ich und erzählte, was ich getan hatte.

Gekicher. »Gibt's 'ne Antwort?«

Gab es.

Pegasus: *Erste Hilfe erforderlich?*

Himmel, wenn das nicht nach Brian klang! Das fand Hanna auch.

»Was soll ich denn jetzt schreiben?«

»Bin ich die Popliteratin oder du? Was Kreatives natürlich ...«

Was Kreatives fiel mir aber nicht ein.

Wolkenkranich: *Geht schon. Nur einen Flügel verstaucht und den Schnabel verrenkt.*

Pegasus: *Das mit dem Schnabel scheint dir öfter zu passieren. *g**

Glasklar, das war jemand, der mich kannte. Vermutlich aus meiner Klasse und da kam eigentlich nur Brian in Frage. Wer sonst sollte einen Grund haben, nett zu mir zu sein?

War ja echt irgendwie süß! Hatten den meine dichterischen Gehversuche tatsächlich so beeindruckt? Krass.

Wolkenkranich: *Sei nicht frech! Sonst flieg ich gleich wieder weg.*

Pegasus: *Das scheint ja eine Spezialität von dir zu sein.*

Häh? Was meinte er denn damit?

»Was ist denn, was schreibt er denn?«, meldete sich Hanna ungeduldig. Huch, die hatte ich ja ganz vergessen!

»Äh, eigentlich nur Frechheiten. Ich ruf dich später wieder an.« Das war jetzt zwar nicht ganz freundlich, sie einfach so wegzubeamen, aber ich konnte ja nicht gleichzeitig chatten und telefonieren. Das würde sie schon verstehen.

Pegasus: *Wolkenkranich? Warum sagst du nichts?*

Wolkenkranich: *Was soll ich sagen?*

Pegasus: *Was Nettes zum Einschlafen.*

Wolkenkranich: *Ich kenne dich ja gar nicht.*

Pegasus: *Das würde ich so nicht sagen …*

Also doch, da hatte ich wirklich Recht gehabt.

Wolkenkranich: *Ich dachte, du hast mich in den Chat bestellt, um mir was Nettes zu sagen …*

Pegasus: *Stimmt. Mache ich jetzt. Mach mal kurz die Augen zu.*

Was sollte das denn werden? Aber okay. Ich machte zu. Hm, woran merkte ich denn, wann ich sie wieder öffnen sollte? Gut, sagte ich mir, dann zähle ich jetzt einfach mal bis zehn und dann kann ich wieder gucken. Oder doch besser bis hundert? Ich einigte mich schließlich auf fünfzig mit mir. Dann machte ich die Augen neugierig auf. Nein, wie süß! Der ganze Bildschirm war plötzlich voller Wolken und mittendrin flog ein Kranich und darunter stand:

Schau, wie sie fliegen,
so eng und glücklich beieinander …

Ich schluckte, denn so süß das auch war, sofort fiel mir eine andere Szene des Kranichgedichts wieder ein. Ohne recht zu begreifen, was ich tat, hatte ich denn auch schon getippt.

Wolkenkranich: *Wann sie sich wohl wieder*
trennen werden? – Ich fürchte, bald!

Pegasus antwortete mit einer Frage, dann war er auch schon aus dem Chat davongaloppiert.

Pegasus: *Warum so pessimistisch?*
Ist nicht die Liebe für die Liebenden ein Halt?

Völlig verwirrt schloss ich die Anwendung.

Du suchst nicht Liebe, sondern Liebeskummer, hatte Hanna mal gesagt. Sollte sie damit Recht haben?

Ich rief sie an. Sie ließ es zigmal bimmeln, bis sie sich endlich bequemte, den Anruf entgegenzunehmen. Klar, sie war sauer.

»Brauchst mir nichts erzählen. Ich will gar nichts hören. Komm doch mit deinen Affären alleine klar!«

»Affären! Spinnst du? Und wie sollte ich das denn wohl machen, schreiben und telefonieren gleichzeitig? Hab ja schließlich keine Freisprecheinrichtung wie du.«

Sie war etwas versöhnt. »Und?«

Ich berichtete.

»Wahnsinn! Es ist auf jeden Fall jemand, der in Berlin dabei war.«

»Und wer? Der geheime Gute-Nacht-Küsser? Ist er jetzt zum Gute-Nacht-Chatter mutiert?«

»Warum nicht?«

»Und wer könnte es deiner Meinung nach sein?«

Gekicher. »Knolle?!«

»Warum nicht gleich Pit Winter?«

Da hörte bei ihr abrupt der Spaß auf und sie wurde wieder normal. »Es kann nur Brian sein. Diese Anspielung auf die erste Hilfe und der Junge ist Musiker. Das heißt, er ist kreativ und er ist dir sicher total dankbar für den Songtext. Ist ja megahip, dass der sich nun doch plötzlich für Mädchen interessiert, wo er doch Kati noch vor ein paar Monaten hat abblitzen lassen.«

Das war es ja, was mich wunderte. Bisher hatte der doch nur seinen Hip-Hop im Kopf gehabt. Was sollte ihn bewegen, ausgerechnet einen Chat-Flirt mit mir anzufangen?

Egal, heute würde ich die Frage eh nicht mehr klären können.

»Schlaf gut, Hanna«, sagte ich darum gähnend. »War lieb, dass du mich zu diesem virtuellen Date begleitet hast.«

Sie lachte. »War ich dir doch schuldig, du bist ja damals auch mit auf den Kirchturm gestiegen, als mich mein unbekannter Handy-Lover da raufbestellt hatte. Schlaf auch gut und träum was Schönes. Von Wolken und Kranichen und ewiger Liebe!«

Ich kroch ins Bett und beschloss mein Bestes zu tun.

Natürlich war diese mega-interessante Entwicklung in meinem Leben sofort Gegenstand unseres vorschulischen Frühschoppens am nächsten Morgen. Wir standen beim Bäcker am Altstadtmarkt und tranken einen heißen Kakao. Dabei erzählte Hanna Kati von meinem anonymen Chat-Flirt.

»Bist du nicht auch der Meinung, dass es Brian ist?«, fragte sie ziemlich taktlos. Das tat doch Kati bestimmt weh, dass ein Junge, in den sie vor noch gar nicht allzu langer Zeit so total verknallt war, nun plötzlich hinter mir her sein sollte.

»Also, wissen tun wir ja eigentlich gar nichts«, wiegelte ich darum ab. »Jeder andere kann es auch sein.«

Aber Kati schien so gefestigt in ihrem Glück mit Tobi, dass offenbar nicht die geringsten Neidgefühle bei ihr aufkamen. »Wieso, ich finde, dass es wirklich gut auf Brian passt. Er hat sich doch in Berlin auch immer der Gruppe angeschlossen, in der du warst. Und das, obwohl er mit Zoff von Markus rechnen musste. Ich wette, der mag dich schon seit meiner Geburtstagsparty, als er auf deiner Gitarre gespielt hat.«

Hatte er das? Ach, stimmt, da hatte er mir einen Griff gezeigt und seinen Arm ziemlich eng um mich gelegt. Aber das war doch eigentlich nur rein sachlich …

»Ihr meint also, ich soll mich weiter mit dem Typ im Chatroom treffen?«

»Aber klar doch«, meinte Hanna. »Wie willste sonst je seine Identität rausfinden?«

Und Kati, mal wieder ganz romantische Seele, sagte: »Das klingt doch alles total süß. Ich glaube, das lohnt sich echt mit dem.«

Irgendwie hatte ich das Gefühl ebenfalls und so

war mein Schritt um einiges beschwingter, als wir uns auf den Weg zur Schule machten.

Am Schultor stand Markus und musste gleich wieder einen Spruch ablassen: »Na, ihr drei Hexen, geht's zum Emanzensport?«

»Wieso?«

»An der Turnhalle hängt ein Aushang mit den neuen Sportgruppen. Glückwunsch!«, sagte er ironisch. »Ihr habt's geschafft: männerfreies Turnen bei Frau Wolter.«

»Jauuuuuuuuuuuu!«

Wir jubelten los und boten uns die Hände zum Abklatschen. Das war ja mal eine echt gute Nachricht zum Unterrichtsbeginn. Wir rannten zur Turnhalle rüber und trafen dort auf eine Menge anderer Mädchen, auch aus den Parallelklassen, die mit ihrer Freude über diese Regelung nicht hinter dem Berg hielten. Jeder wollte Hanna auf die Schulter klopfen und sie wurde in höchsten Tönen für ihren Einsatz gelobt. Bestimmt würde das Mädchen noch mal Schulsprecherin. Klasse! Und was unseren Direx anging, der war eben doch okay.

Flirt im Chat

Natürlich spähten wir alle drei nach Brian aus. Aber der stand wie immer am Getränkeautomaten und rollte, verbotenerweise, auf seinem Skateboard hin und her. Wenn Rumpelstilzchen Aufsicht hatte, war das Ding weg.

Ich sah ihn mir etwas genauer an. Er war ziemlich groß und trug immer noch die Wollmütze tief ins Gesicht gezogen. Wie am ersten Tag, als ihn Frau Kempinski in unsere Klasse geschoben hatte. Sein Kapuzensweatshirt war ziemlich labbrig und seine Jeans hing ihm mit dem Schritt fast in den Kniekehlen. Die Jungs um ihn rum sahen allerdings nicht viel anders aus. Aber seine überirdisch blauen Augen unterschieden ihn ganz klar von diesen Durchschnittspansen. Die leuchteten ja über den halben Schulhof! Echt krass. Als unsere Blicke sich begegneten, fühlte ich mich ertappt und guckte schnell weg.

Ich fragte mich, ob er wirklich der Typ dafür war, so romantisch mit einem Mädchen im Chat zu flirten? Weder wusste ich genug von ihm, um die Frage mit Ja zu beantworten, noch so viel, um es auszuschließen. Ich wollte mal sehen, wie er sich heute mir gegenüber so benahm.

Aber er benahm sich gar nicht. Also jedenfalls nicht anders als sonst und so blieb mal wieder alles offen.

In Deutsch wedelte Frau Kempinski uns mit einem Flyer vor der Nase rum und sagte, als müsse sie für einen neuen Weichspüler Werbung machen: »Für alle unter euch, die von der Muse der Dichtkunst geküsst worden sind. Da wird ein Lyrik-Wettbewerb ausgeschrieben, bei dem man einen Schreib-Workshop in Berlin gewinnen kann. Hat jemand Interesse?«

Schweigen. Klar, niemand wollte sich outen.

Hanna sah mich an. »Willste es nicht mal ansehen?«, flüsterte sie.

Ich blockte ab. »Nee, ich mach mich doch nicht zum Gespött! War schlimm genug, dass Pit Winter in Berlin meine literarischen Versuche ausplaudern musste!«

Frau Kempinski schaute sich um, seufzte angesichts unseres Desinteresses und ging dann zur Pinnwand.

»Ich hänge den Flyer hierhin. Wer will, kann ihn sich ja später mal angucken.«

Da hoffte sie aber vergebens. Das Ding hing einige Tage unberührt dort. Als ich aber schließlich glaubte, ich könnte es mir nun gefahrlos krallen, war es plötzlich weg.

Na ja, dachte ich, hat nicht sollen sein. Die wollten sicher sowieso was mega Professionelles.

In der Mathestunde spürte ich plötzlich ein Ziehen im Unterbauch. Ach wie blöd! Damit hatte ich ja heute noch gar nicht gerechnet.

»Hanna?«, zischelte ich. »Haste was dabei? Ich glaube, ich kriege meine Tage.«

Hanna schüttelte bedauernd den Kopf. »Frag Kati mal.«

Das war etwas schwieriger, denn die saß schräg

vor mir auf der anderen Seite des Ganges neben Tobi. Doch dann schritt Rumpelstilzchen zur Tafel und ich flüsterte hinter seinem Rücken: »Kati, ich brauch mal dringend was …«

»Was denn?«

»Du weißt schon …«

Entweder hatte Rumpelstilzchen hinten Augen oder Fledermausohren, jedenfalls fuhr er wie von der Tarantel gestochen herum.

»Was immer es ist, was du brauchst, Mila«, giftete er, »du scheinst es in meinem Unterricht nicht zu finden. Also suchst du wohl am besten auf dem Flur weiter!«

Ich stand auf, um meinen Strafarrest auf dem Flur anzutreten, nahm aber schnell noch meine Geldbörse mit.

Kaum war ich draußen, machte ich, dass ich zum Supermarkt kam. Das Schulgelände zu verlassen war ja eigentlich verboten, aber das war doch quasi ein Notfall. Musste mich nur sputen, damit ich wieder da war, bevor Rumpelstilzchen mich gnädig wieder in die Klasse ließ.

Ich schnappte mir im Laden eine Packung Tampons und eilte zur Kasse.

»Da ist ja kein Preis drauf«, sagte die Verkäuferin und schon schaltete sie das Mikro ein und rief: »Fünfzehn. Bitte die Acht. – Was kostet eine Packung Minitampons?«

Ich kriegte eine mega-rote Rübe, denn alle Männer in den Schlangen an den Kassen starrten zu mir rüber. Hinter mir stand eine genervte Mutter mit einem quengelnden Kleinkind.

»Was ist das, Minitampon?«, begehrte es zu wissen.

»Das ist nichts für dich«, wiegelte die Mutter ab.

»Ich will das auch haben! Ich will auch so ein Minitampon!«

Die Mutter wurde ungehalten. »Ich sage doch, das ist nichts für dich.«

»Carla will aber auch Tampon haben! Will Minitampon!!!!«, kreischte das Gör.

»Hör auf zu kreischen«, schimpfte die Mutter, worauf das Blag zu toben und nach allen Seiten auszutreten anfing.

Die Mutter tat mir echt Leid. In mir brach die Pädagogin durch.

»Halt die Klappe«, fuhr ich das zappelnde Wesen an. »Du weißt doch gar nicht, was ein Tampon ist.«

Die Kleine war verdutzt. »Was is' es denn?«

»Ein Riesenzäpfchen«, sagte ich mit drohender Stimme, »und wenn du hier weiter so rumzickst, schieb ich dir gleich eins davon in den Po!«

Das Gör fing an zu flennen, der Preis für die Tampons wurde durchgesagt und ich verließ unter Gelächter und teilweise missbilligenden Blicken der anderen Kunden fluchtartig den Supermarkt.

Klar, dass ich es durch diese Verzögerung nicht rechtzeitig wieder in den Flur vor unserer Klasse schaffte.

So kam mir Markus schon auf der Treppe entgegen. »Mensch, Mädchen, wo treibst du dich denn rum? Ich soll dich reinholen und renne hier schon mindestens fünf Minuten suchend durch die Gegend. Rumpelstilzchen rammt uns unangespitzt in die Erde!«

Ich schaute verlegen zu Boden. Schließlich konnte ich ihm ja nicht sagen, was ich gemacht hatte. »Es war ein Notfall. Glaub mir.«

»*Ich* glaube dir ja, aber was nützt das, wenn Rumpelstilzchen Amok läuft. Los, komm!«

Er ergriff meinen Arm und wollte mich die Treppe hinaufziehen.

Ich zögerte. »Aber … aber was soll ich Rumpelstilzchen denn sagen?«

Markus überlegte kurz. »Wir sagen ihm, dir war schlecht und du hast dich übergeben müssen und ich hab vorm Mädchenklo auf dich gewartet.«

Das war eine coole Ausrede und auch gar nicht so weit von der Wahrheit entfernt. Ähm, das erinnerte mich daran, dass ich ja wirklich mal eben auf die Toilette gehen konnte.

»Da muss ich übrigens wirklich mal dringend hin«, sagte ich also zu Markus. »Nun ist es doch eh schon egal. Wartest du noch so lange?«

Er grinste zwar etwas anzüglich, nickte aber.

So pilgerten wir gemeinsam zum Mädchenklo. Ich fegte rein und er blieb draußen stehen.

Als ich wieder rauskam, sah er mich irgendwie ganz seltsam an. »Du siehst toll aus«, sagte er. »Wo haste eigentlich deine Kurven vorher versteckt?«

Häh? Was war denn mit dem los? »Haste grad einen Hormonstau?«, fragte ich erschüttert.

Aber er ließ sich nicht beirren. »Von einem Mädchen wie dir, da könnte man echt träumen.« Er grinste mich in seiner unbeschreiblich frechen Art an. Und als wir zu unserer Klasse hochgingen, schob er mich doch tatsächlich sanft gegen eine der Säulen des Treppenhauses und sagte mit samtbelegter Stimme: »Ich würde dich gerne in den Arm nehmen, deine Haare streicheln, deinen Mund küssen …«

Er beugte sich über mein Gesicht. Ich dachte, jetzt krieg ich aber zu viel.

»Speichle mein Sweatshirt nicht ein!«, pampte ich ihn an, schob ihn mit beiden Händen zurück und preschte nach oben. Hatte der noch alle beisammen? Jetzt muss er nur noch raspeln: Du bist die Frau meiner Träume, dachte ich und ich muss echt speien. Da hörte ich ihn auch schon lachend durchs Treppenhaus rufen: »Lauf doch nicht weg, Mila! Bleib stehen! Weißt du denn nicht, dass du die Frau meiner Träume bist?«

Die Worte brachen sich an den Wänden und wurden vom hohen Gewölbe des Treppenhauses als vielfaches Echo zurückgeworfen. Leicht panisch erreichte ich die Klasse und stürzte atemlos hinein.

Ich hätte wetten mögen, dass der Typ diese ganze makabre Inszenierung nur aus einem einzigen Grund gemacht hatte: aus Rache, weil ich Brian einen Songtext geschrieben hatte! Armleuchter!

Rumpelstilzchen sprang natürlich im Dreieck, aber da ich ziemlich derangiert aussah und Markus tatsächlich unser verabredetes Sprüchlein vom Kotzen im Klo aufsagte, musste er sich seinen Zorn verbeißen. Er mahlte den Rest der Stunde so stark mit seinem Kiefer, dass ich dachte, er würde sich 'ne Krone aus dem Gebiss brechen.

Als ich zufällig Markus' Blick begegnete, grinste der mich mit total unschuldigem Gesichtsausdruck selbstzufrieden an. Echt dreist!

In den nächsten Tagen konnte ich kaum mein abendliches Date im Chat erwarten – meinen Flirt mit diesem Unbekannten, hinter dem ich inzwischen immer stärker Brian vermutete.

Und so saß ich meistens schon Stunden vorher am Rechner und schlug entweder mit Internetsurfen oder PC-Spielen die Zeit bis zum Date tot oder widmete mich meiner Karriere als Schriftstellerin.

Es hatte sich herausgestellt, dass die Anleitung *Wie man einen verdammt guten Roman schreibt* viel nützlicher war als der Kracht. Ich wusste nun, dass es wichtig war, möglichst lebendige und leidenschaftliche Figuren zu entwickeln, zwischen denen sich aufgrund ihres unterschiedlichen Charakters zwangsläufig ein dramatischer Konflikt entwickeln musste. Die schicksalhafte innere Bindung war wichtig, die sie miteinander verstrickte. Konflikt – Höhepunkt – Lösung. So einfach war das. Alles, was ich für meinen Schlüsselroman eh auf der Platte hatte. Piwi, ich, meine Mutter – eine geilere Konstellation gab's doch kaum ... Ich musste jetzt nur noch eine annähernd so krasse Sprache entwickeln wie die Alix, dann war meine Karriere als Erfolgsautorin schon gebongt. Das lag mir doch vielleicht mehr als Gedichte.

Allerdings fand ich es ganz schön anstrengend, regelmäßig an meinem Roman weiterzuschreiben. Ziemlich oft schweiften meine Gedanken ab. Besonders, wenn das Date mit meinem unbekannten Chat-Partner näher rückte.

Heute war ich besonders kribbelig. Ich hatte Piwis Foto von Brian und mir an den PC gelehnt und schaute es immer mal an. Und plötzlich hatte ich wieder das Gefühl, von einer Muse geknutscht worden zu sein, brach meinen Schlüsselroman ab und begann in einer neuen Datei ein Gedicht zu schreiben.

Nichts ist, was es scheint.
Auch nicht dieses Band
in deiner und meiner Hand.
Auch nicht dieser Ring,
das nutzlose Ding.

Und auch die Liebe ist nur
eine schwindende Spur
am einsamen Strand,
zwischen Wellen und Sand.

Ich nahm die Finger von den Tasten und starrte erschöpft auf den Text, der sich wieder fast wie von selbst in den PC getippt hatte. Er war viel schneller in meinem Kopf, als ich schreiben konnte, und ich hatte darum während des Tippens ständig Angst, meine Einfälle nicht so lange festhalten zu können, bis sie auf dem Rechner waren. Nervend! Das machte mich beim Schreiben richtig hibbelig. Wenn in so einem kreativen Augenblick jemand ins Zimmer gekommen wäre, ich glaube, ich hätte ihm ohne Zögern die Schreibtischlampe an den Kopf geworfen, wie Luther dem Teufel das Tintenfass.

Ich las das Gedicht noch einmal durch und wie beim ersten Mal wunderte ich mich darüber, wie ich dazu kam, so etwas einfach aus dem Nichts zu schreiben. Mit der Muttermilch hatte ich die Dichtkunst bestimmt nicht eingesogen. Ob mein unbekannter Erzeuger vielleicht …?

Besonders irritierte mich, wie perfekt so ein Gedicht gleich war. Schon mein erster Versuch, die Zeilen für Piwi, im letzten Schuljahr war mir ja auch einfach so aus dem Hirn geflutscht.

Ich dachte einen Moment an meine Mutter und Piwi. Ob ich das Gedicht Mama schenken sollte? Aber sie würde es bestimmt gleich wieder als Aufforderung verstehen, mit ihm Schluss zu machen. Und so beschloss ich, es einfach mal meinem Chat-Partner zur Beurteilung in den Chat zu stellen. Da war das Risiko am geringsten.

Ich loggte mich also schon vor der verabredeten

Zeit ein und setzte das Gedicht rein. *Wie gefällt dir das?*, schrieb ich dazu.

Dann wartete ich, dass Pegasus auflief.

Pegasus stolpert in den Chat. Hallöle!

Pegasus: *Uups? Biste 'ne Runde auf dem Dichterross geritten?*

Wolkenkranich: *Ja, hat mich aber abgeworfen.*

Pegasus: *Merkt man aber dem Gedicht nicht an. Sehr beflügelt.*

Wolkenkranich: *Danke. Findest du es gut?*

Pegasus: *Ein bisschen traurig. Klingt nach Brecht – kein Happy End.*

Wolkenkranich: *Liegt wohl an einer persönlichen Schwäche von mir.*

Pegasus: *Und die wäre?*

Wolkenkranich: *Ich trau dem Braten nicht.*

Pegasus: *Welchem Braten?*

Wolkenkranich: *Dem, den man Liebe nennt.*

Pegasus: *Gebranntes Kind?*

Wolkenkranich: *Nee, Tochter einer allein erziehenden Mutter.*

Ich stürzte aus dem Chatroom. Himmel, war ich denn mal wieder mit dem Klammerbeutel gepudert? Wie kam ich dazu, solche intimen Dinge auszuplaudern?

Chats sollten echt verboten werden, die verleiteten einfach unterschwellig zum Seelen-Striptease. So ganz ohne dass man es so richtig merkte. Das würde frau doch einem echten Typ Auge in Auge nie anvertrauen. Shit virtuelle Welt! Wie würde Brian mich morgen bloß angucken – wenn er mich überhaupt noch anguckte?

Der musste doch denken, ich wäre gestört. Beziehungsmäßig, meine ich.

Natürlich guckte er mich doch noch an. Er *sprach* mich sogar an, aber vermutlich nicht nur weil ich die Texterin seines neuen Songs war und der Gig unmittelbar ins Haus stand. Er kam in der Klasse auf mich zu, grinste und gab mir einen Einladungszettel, ohne sich das Geringste von dem vorabendlichen Chat anmerken zu lassen. Auf dem Zettel stand der Termin und die Uhrzeit und das ganze Programm.

Halt mich einer fest! Ich werd ja nicht mehr. Ich rannte mit dem Zettel auf das Mädchenklo, wo Hanna und Kati Frauenprobleme besprachen.

»He, Leute, guckt mal, was ich hier habe. Eine Einladung zu Brians Auftritt im B248.«

»Cool«, sagte Hanna und fuhr ungerührt fort, einen Pickel auf der Stirn mit Abdeckstift zu überschmieren.

»Ja, cool! Aber schaut mal, was hier auf der Rückseite steht.«

Keiner schaute.

»Was denn?«, ließ sich wenigstens Kati herab, etwas Interesse zu heucheln.

»Das ganze Programm.«

»Aha.«

»Ja«, ließ ich mich in meiner Begeisterung nicht beirren. »Und hier stehe ICH!«

»WAAAAS?«

Nun fuhren beide herum und wollten unbedingt den Zettel sehen.

»Krass«, sagte Hanna und las laut vor: »*Living in future, written by Mila, performed by Brian and band.*«

»Nein, wie hip! Da kommen wir natürlich mit!«, freute sich Kati total selbstlos. »Kann ich wohl Tobi auch mitbringen?«

Ich konnte mir zwar nicht vorstellen, dass er auf solche Mucke stand, aber warum nicht? Dass Hanna ihren Bruder Martin und Branko mitbringen würde, war eh klar. Wahrscheinlich kriegten die sowieso von Brian eine persönliche Einladung.

»Leute, das wird super!« Ich war total begeistert und seltsamerweise hatte ich nicht die mindeste Befürchtung, mich peinlich zu machen. Irgendwie hatte ich volles Vertrauen zu Brian und war sicher, dass er mit seinen Kumpels einen super Song aus meinem Text gemacht hatte.

Hatte er. Hatte er wirklich. Mein Text war in der Songbearbeitung hundertmal besser geworden und knallte voll rein. Aber der Reihe nach.

Wir gingen natürlich alle hin. Hanna mit Branko und Kati hatte tatsächlich Tobi mitgeschnackt und Martin war wohl von Hanna als mein persönlicher Begleiter engagiert worden. Jedenfalls wich er nicht von meiner Seite und kümmerte sich ziemlich auffällig um mich. Grrr! So nötig hatte ich es ja nun auch nicht. Nur weil Hanna mich als Single in der Clique peinlich fand, musste sie mir ja nun nicht ihren pansigen Bruder anhängen. Und im Übrigen, was sollte denn Brian davon halten?

Aber dem war das wohl momentan ziemlich latte, denn er war viel zu sehr mit dem Auftritt seiner Band beschäftigt.

»Was ist das eigentlich, diese Vier-Chancen-Tournee?«, fragte ich Martin.

»Voll fettes Event!«, schwärmte der gleich los. »Ein Wettbewerb um den Local Hero – die beste lokale Band. Brian kann echt stolz sein, dass er mit seinen Leuten in die Endausscheidung gekommen ist. Die sechs besten Acts spielen jetzt noch in drei verschiedenen Jugendclubs, um möglichst viele Punkte zu sammeln. Und dann ist Preisverleihung im Harlekin.«

»Das ist ja fast wie bei Hannas Eurostar-Casting«, sagte ich beeindruckt. Wie hammer war denn das – mein Song war dabei!

Martin nickte. »Ja, so ähnlich, aber es sind natürlich alles echte Gruppen, nicht so gecastete Klone wie *Overground* oder *Become one*.«

»Ist das ein Unterschied?« Ich hatte mal wieder voll keine Peilung.

Er sah mich an, als hätte ich von Musik so viel Ahnung wie 'ne Tiefseequalle vom Sternenhimmel. »Massig! Die hier schreiben ihre Songs schließlich alle selbst! Das ist Musikalität und Kreativität pur.«

Ich grinste. Da ich ja einen der Songs immerhin getextet hatte, konnte ich mir von dem Lob getrost auch 'ne Portion reinlöffeln.

Wir standen wieder in dem kleinen Saal des B248 und die Vorgruppe begann mit ein paar mehr schlecht als recht hingeholzten Cover-Titeln. Die meisten Zuhörer waren mal wieder Kniebeißer oder Fruchtzwerge und davon besonders viele superaufgebrezelte kleine Mädchen. Hm, die hatten Brian ja immer schon umschwärmt. Es waren aber auch eine Reihe ältere Kids da. Ein paar waren sogar aus den höheren Klassen von unserer Schule. Typen, die mit Branko und Martin bekannt waren und die Brian inzwischen auch kannte, weil die sich alle häufig an der Stadthalle zum Skaten trafen. Da gab's den ultimativen Belag und passende niedrige Mauern zum Grinden.

Die älteren Jungs passten auch viel besser zu Brian. Allein vom Musikgeschmack her. Die halbgaren Pansen aus meiner Klasse standen ja auf Boygroups, Jeanette und Xavier: *Ich kenne nichts, was so schön ist wie duhuhu …* buh!

Ich war da flexibel, da sich meine Musikalität eh in Grenzen hielt, wie ich es schon beim Eurostar-Casting halbamtlich gekriegt hatte. Aber ich musste ja nicht selber singen. Als angehende Erfolgsschriftstellerin konnte ich zum Glück singen lassen! Grins!

Jemand quetschte sich an mir vorbei. »Hi, Mila! Krasser Text!«

Das war Ratz, der süße Schlagzeuger aus Brians Band.

»Viel Glück!«, rief ich ihm nach.

Als erste Band im Wettbewerb trat eine R'n'B-Gruppe auf. Martin war weg und alle. Sie schienen auch viele Anhänger mitgebracht zu haben. Jedenfalls brodelte der Saal und mir wurde ziemlich heiß.

»Wann kommt denn Brians Band dran?«, brüllte ich Martin ins Gehör.

»Das kann noch dauern. Ich glaube, die sind die vorletzte Gruppe.«

Okay, dann konnte ich ja noch mal ein bisschen Frischluft tanken gehen. So quetschte ich mich bis in die Halle durch, wo der nette Sozialarbeiter Getränke ausschenkte.

»Hi, Mila«, erkannte er mich gleich wieder. »Lange net gesehen. Hab gehört, du textest jetzt für Brians Band? Respekt!«

Ich merkte, wie ich verlegen wurde. Aber warum eigentlich? Die Leute hier schienen das doch alle ganz in Ordnung zu finden. Und nur, weil die Pansen aus meiner Klasse keinen Sinn für Höheres hatten, musste ich ja nun nicht genauso ablosen. So gab ich mir einfach einen Ruck und erlaubte mir mal, ein bisschen stolz auf mich zu sein.

»Tja, da hat mich irgendwie die Muse geküsst«, sagte ich grinsend.

Hinter mir zischelte Hanna, die mir unbemerkt gefolgt war: »Hoffentlich bleibt's nicht dabei. Ich meine, hoffentlich küsst dich auch bald mal ein Typ.«

Blush! Jetzt stieg mir doch wieder himbeersaftfarbene Röte in die Wangen. Ich sah bestimmt aus wie ein Weihnachtsapfel. Grrr! Wenn Hanna so weitermachte, konnte es passieren, dass ich mich wirklich mal ernsthaft mit ihr verzankte. Blöde Kuh! Als ob es nichts Wichtigeres im Leben einer Frau gab als Kerle und Küsse! Schließlich schwebte ich grade im Olymp zwischen Musen und göttlichen Eingebungen. Kerle! Pah! Wie profan! Manchmal schien es meiner Freundin Hanna doch am nötigen Einfühlungsvermögen zu mangeln. Vermuffelt stürzte ich die Brause runter, die ich mir geholt hatte, und mich wieder ins Gewühl im Saal.

Bounce! Als ich frustriert die Tür aufriss, bretterte ich voll in einen Jungen rein. Schnüffel, den Geruch kannte ich doch.

Calvin Klein! Ich sah an dem Typ hoch.

»Uups!«, quiekte ich auf, um dann verstört zu stammeln: »Markus! Was machst du denn hier?«

»Was wohl? Musik hören und abtanzen.«

»Und zwar mit MIR!«

Ich fuhr herum. Nee, nicht wirklich! Da stand, aufgezäumt wie ein Zirkuspferd, niemand anderes als Vanessa hinter mir. Sie schob mich frech aus der Türöffnung und hängte sich bei Markus ein.

»Und hinterher fahre ich mit auf seinen Hof und morgen reiten wir zusammen aus.«

Erschlagt mich! Macht ein Ende! Ich war es wirklich langsam leid, ständig so an der Nase herumgeführt zu werden. Konnten die Schicksalsgöttinnen sich nicht mal ein anderes menschliches Wesen als Spielball aussuchen?

Hanna, die mir gefolgt war, guckte auch ziemlich perplex. Das warf ja nun wohl endgültig ihre abstruse Theorie über den Haufen, dass aus mir und Markus jemals ein Paar werden könnte.

»Äh, äh, ja – dann viel Spaß …«, stammelte ich, noch immer völlig von den Socken, und stürmte an den beiden vorbei in den Saal.

»Ich glaub, mich tritt ein Pferd«, rief ich Hanna zu.

»Was will der denn mit der Zimtzicke!«, brüllte Hanna zurück. »Ich dachte, er kann die nicht ausstehen!«

»Unverhofft kommt oft!«, schrie ich ihr ins Ohr. Aber ganz tief in meinem Inneren fragte ich mich, ob Markus' Aktion vielleicht ausschließlich mir gegolten hatte? Doch wenn er dachte, er könnte mich ausgerechnet mit Vanessa eifersüchtig machen, dann war er ganz heftig auf dem Holzweg.

Wenigstens trat nun Brian mit seiner Band auf und lenkte mich auf eine positive Weise von den beiden ab.

Liebes Lieschen, die Jungs waren ja echte Granaten! Was die aus meinem Text gemacht hatten – unglaublich! Wie es schien, kam das voll gut rüber. Jedenfalls gab es donnernden Applaus!

Brian bedankte sich ganz locker beim Publikum und plötzlich hatte er mich entdeckt und sagte: »Den Text für diesen Song hat übrigens eine ganz coole Frau geschrieben. Die steht ganz bescheiden da unten. Komm doch mal her, Mila.«

Ich schüttelte den Kopf, aber Hanna schob mich zur Bühne. Brian ging in die Knie, streckte seine Hand aus und zog mich hoch.

»Ein Applaus für Mila!«, schrie er ins Mikro und tatsächlich klatschten alle. Seine Leute spielten den Refrain noch mal und Brian ging voll ab!

»Macht doch Schluss mit dem Stuss!
Aber setzt euch keinen Schuss!
No, no, no, no!
Get out of that shit!
No drugs for nobody!«

Ich taumelte völlig benommen von der Bühne. War das geil!

Hanna, Kati und ihre Jungs klopften mir begeistert auf die Schulter und ich war mit den Schicksalsgöttinnen wieder versöhnt. Das Leben war halt doch wie eine Achterbahnfahrt. Gerade noch im Tal, ging es im nächsten Moment schon wieder steil hinauf. War ja so weit okay, nur ein bisschen schwierig, dabei die Balance zu halten. Na ja, Hauptsache, ich konnte immer rechtzeitig erkennen, wann ich 'ne Glücksnummer und wann ich 'ne Arschkarte gezogen hatte. Halleluja!

Als ich durch die immer noch klatschende Menge zum Saalausgang schwamm, erhaschte ich schräg vor mir einen Blick auf Vanessa. Sie stand ohne Markus zwischen ein paar Kniebeißern eingezwängt und schaute mich so neidisch an, dass ich ganz schnell wegsah. Puh, wenn Blicke töten könnten, wäre ich jetzt aber echt hin gewesen.

Es war ziemlich spät, als ich nach Hause kam, und Mama war ausnahmsweise mal da. Sie hockte vorm Fernseher und sah einen späten Spielfilm. Ich holte mir einen Saft aus dem Kühlschrank und setzte mich zu ihr. Zum Schlafen war ich noch viel zu aufgedreht.

Eine Weile sah ich zu, wie eine hübsche, junge

Frau in einem alten, ungemütlichen Gemäuer vor einem irren Messermörder flüchtete. Dann unterbrach Werbung das Melodram.

»Na, Spaß gehabt?«, fragte Mama.

»Aber massig! Du, die Band von Brian war so mega und das war ja so was von abgefahren. Die Performance von meinem Song und ich dann auf der Bühne. Der Hype, sage ich dir!«

Mama lächelte über meinen Enthusiasmus.

»Wenn du das Ganze noch mal auf Hochdeutsch erzählen würdest«, sagte sie ironisch, »könnte ich dir vielleicht folgen. Aber ich nehme auch so mal an, dass der Abend erfolgreich war.«

»Aber hundert Prozent.« Ich grinste glücklich. »Kannst mir gratulieren. Generalprobe bestanden. Ich bin jetzt offizielle Songtexterin von Brians Band.«

Bevor ich ins Bett ging, musste ich aber doch noch mal schnell in meine Mailbox gucken. Obwohl ja eigentlich nicht anzunehmen war, dass Brian an diesem Abend noch Zeit für einen Flirtletter gefunden hatte. Hatte er aber doch.

Pegasus: *Ich bin online. Falls du noch in den Chat kommen willst, würde ich mich freuen.*

Nix wie eingeloggt.

Wolkenkranich schwebt in den Chatroom.

Pegasus: *Bist ja richtig gut drauf.*

Wolkenkranich: *Klar, tierisch gute Stimmung!*

Pegasus: *Trunken vom Beifall?*

Wolkenkranich: *Du nicht?*

Pegasus: *Nichts ist, was es scheint!*

Wolkenkranich: *Häh?*

Jetzt war ich aber verwundert. War ja nett, dass er eine Zeile aus meinem Gedicht zitierte. Aber doch im Moment nicht sehr passend. Hatte er

Schiss vor dem eigenen Erfolg? So kannte ich Brian ja gar nicht.

Wolkenkranich: *Bist du nicht auch glücklich?*

Pegasus: *Ist Glück nicht relativ?*

Was war denn mit dem los? Hatte er gekifft? Am besten sagte ich ihm noch was Nettes und machte dann schnell den Abflug. Ehe irgendein falsches Wort noch die ganze Stimmung verdarb. Irgendwie stand der Typ doch im Moment vollkommen neben sich. Na ja, angesichts eines solchen Erfolgs konnte es einen schon mal aus den Stiefeln heben. Ich packte also eine ganze Reihe Smileys und bummernde Herzen in den Chat und schrieb:

Die alle können sich nicht täuschen: Es war ein geiler Abend! Träum schön!

Und husch, flatterte ich davon.

Warum ich ausgerechnet in dieser Nacht wieder meinen Standardalbtraum haben musste, das wussten garantiert nicht mal die Götter. Kam mir vor wie in einer unendlichen Geschichte: Und ewig grüßt der Pferdekuss! Irgendwann musste doch auch mein Unterbewusstsein mit Markus' Liebeserklärung fertig werden.

Oh, Herr, die Not ist groß!

Das konnte man wohl sagen, denn am Montag war Rumpelstilzchen mit einem unangekündigten Test über uns hergefallen, den ich bestimmt völlig vergeigt hatte. Langsam wurde es mal wieder kritisch mit meiner Mathezensur. So die wirkliche Leuchte war ich da ja noch nie gewesen, aber zurzeit stand es mal wieder ganz arg.

Ein bisschen hing das natürlich auch mit meinen schriftstellerischen Ambitionen zusammen, denn statt Mathe zu pauken arbeitete ich viel lieber an meinem Schlüsselroman. Und das musste auch so sein, denn dieser Uni-Dozent schrieb immer wieder: *Bleiben Sie am Ball und halten Sie durch. Was zählt, ist nicht nur das Talent!*

Also blieb ich am Ball, leider auf Kosten der Schule.

Als ich in der Pause noch schnell Englisch bei Kati abschrieb, schimpfte die auch gleich mit mir. »Du musst auch mal wieder selbst was lernen, Mila. Sonst sackst du ab. Wir haben keinen Bock, dich bei der Versetzung zu verlieren.«

»Keine Sorge«, beschwichtigte ich sie, »ich strenge mich im zweiten Halbjahr ganz doll an.«

»Na hoffentlich«, sagte sie.

Aber als ich am Nachmittag über meinem Englischbuch hockte, schweiften meine Gedanken doch wieder ab und ich musste ganz schnell einen neuen Songtext für Brian in den Computer tippen.

Silence.
Der Löwe hat ausgebrüllt.
Die Erde schweigt heute Nacht.
Auf dem Friedhof der Kuscheltiere
fällt die letzte Taube vom Baum.
Eine verrottete Schönheit.
Und was wie Frieden scheint,
ist doch bloß die Stille des Todes!

Jeden Abend traf ich nun meinen anonymen Chat-Partner. Wir chatteten inzwischen über Gott und die Welt und ich fragte mich, wann Brian sich wohl endlich outen würde. Aber wenn es wieder einmal besonders lustig oder philosophisch war und ich mich via Internet richtig heftig angegraben fühlte, war die Begegnung in der Schule meistens sehr ernüchternd. So konnte das doch nicht ewig weitergehen.

In meiner Verzweiflung machte ich schließlich doch den Liebestest von Hanna und Kati auf. Vielleicht war es ja gar nicht so schlecht, ihn mal auf Brian anzuwenden. Nur so versuchsweise. Ich musste das ja nicht so tierisch ernst nehmen.

Holla, da hatten die beiden sich aber echt Mühe gegeben. Ein fettes Herz prangte oben auf der Seite und darunter stand:

Der ultimative Liebestest!

Kreuze Zutreffendes an.

Na, mal schauen.

Auf welchen Typ stehst du?

Augen: blau, braun, grau, grün, bunt, egal.

Hä? Bunt? Witzbolde! Hm, im Grunde war es mir egal. Obwohl ich ja eigentlich braune Augen mochte.

Haare: blond, braun, schwarz, bunt, egal.

Wieder stockte ich bei *bunt*. Die waren ja durchgeknallt oder meinten die, ob man auf Punker stand?

Welche Frisur findest du gut?

Och nee! Mir als Tochter einer Friseurin mussten die doch mit so was nicht kommen. Die Frisur von einem Typen war doch nun wirklich latte. Die konnte man doch ganz schnell ändern.

Wichtiger war doch wohl, was er unter der Matte hatte.

Was ist dir wichtiger an einem Jungen:

Intelligenz, Romantik, toller Body, reiche Eltern?

Wann um Himmels willen hatten die denn diese Fragen ausgetüftelt? Nach drei Dosen Red Bull? Natürlich nahm ich den mit dem Bausparvertrag! Grins!

Ich griff zum Handy, um Hanna anzurufen, aber

die hängte mich gleich wieder ab, weil sie mit Branko im Kino war und der Hauptfilm gleich anfing und sie das Handy ausschalten musste. Also tippte ich Katis Nummer.

»Sag mal, Kati, ich hab mich grade mal an euren Liebestest gemacht …«

»Toll«, erwiderte sie ganz begeistert. »Wird ja auch allmählich Zeit. Willste rauskriegen, ob Brian zu dir passt?«

Ja, wollte ich, aber das band ich ihr wohl besser im Moment noch nicht auf die Nase.

»Nee, ich dachte, ich gucke ihn mir erst mal unverbindlich an. Den Test, meine ich. Und da hab ich gleich so ein paar Schwierigkeiten.«

»Ach, welche denn?«

»Na ja, nimm mal die Frage 13: *Wie findest du seine Küsse: geht so, lecker, ganz lecker, berauschend, himmlisch!* Wie soll ich denn da was ankreuzen, wenn ich den Typ noch nicht geküsst habe? Ich wollte doch eigentlich wissen, ob er der Richtige ist, *bevor* ich ihn küsse.«

Kati schwieg einen Moment. »Stimmt«, sagte sie dann. »Da hast du Recht. Das haben wir im Eifer des Gefechts wohl übersehen. Ach, weißt du, ist ja nicht so schlimm. Lass es einfach weg. Sind ja noch genug andere Fragen da.«

»Ja, ob ich Typen mit bunten Haaren und Piercings mag oder lieber solche mit grauen Augen und Schweißgeruch! Wollt ihr mich eigentlich mit dem Test auf den Arm nehmen?«

Kati wehrte ab. »Nein, Mila, echt nicht! Wir haben uns das nicht aus den Fingern gesogen. Das haben wir alles aus anerkannten Tests abgeschrieben.«

»Ach, darf ich da vielleicht die Quelle erfahren?«, fragte ich.

»Na ja, Mädchen- und Popzeitschriften eben. Dr. Winter und so ...«

Ich dachte, mein Mondschaf kalbt! Veräppeln konnte ich mich ja nun wirklich selber.

»Ihr seid doch ballaballa. Für wie bescheuert haltet ihr mich eigentlich? Ihr könnt wirklich froh sein, wenn ich euch nach diesem Freundschaftsdienst die Freundschaft nicht aufkündige!«

Kati war total verschreckt. »Aber Mila, guck doch mal, da sind auch ganz wichtige Fragen drin, so nach Hobbys und persönlichem Musikgeschmack und schulische Interessen und ... sogar Seelenverwandtschaft!«

»Seelenverwandtschaft! Aha! Und woran erkennt man die so genau? Ich bin in dem Punkt ein ziemlich gebranntes Kind!« Und mit Grauen dachte ich an die vermeintliche Seelenverwandtschaft mit Piwi. Nee, auf so was würde ich bestimmt nicht mehr setzen.

»Aber irgendwelche Kriterien musst du doch anlegen, wenn du wissen willst, ob du einen Typ gut finden sollst!« Kati verstand die Welt nicht mehr.

»Ach, und warum? Kann nicht einfach plötzlich einer da stehen und man weiß genauso plötzlich: Der ist es? Das ist der ultimative Boyfriend! Liebestest! Wie war das denn bei dir und Tobi? Haste dir den auch nach ›Kriterien‹ ausgesucht? Worauf stehst du, kreuze an: rote Ohren, unsportlicher Körperbau, straßenköterblond, undefinierbare Augenfarbe und Klassenprimus. Das hättest du doch im Leben nicht gemacht!«

Katis Stimme klang, als sei sie dem Heulen nahe. »Du ... du bist gemein ...«, stotterte sie. »Wir ... wir haben es doch nur gut gemeint. Das ist kein Grund für dich, Tobi schlecht zu machen!«

Klar, dass sie mir sofort Leid tat. Sie konnte mit Ironie einfach nicht umgehen.

»Ich mache doch Tobi nicht schlecht. Das hast du völlig falsch verstanden. Ich wollte nur sagen, dass bei einem solchen Test wirklich nur Schwachsinn rauskommt. Du kreuzt die tollsten Sachen an und dann läuft dir irgendwann einer über den Weg, auf den das alles *nicht* zutrifft, und der ist dann komischerweise doch der Richtige. Verstehst du? Tobis Aussehen ist einfach nicht wichtig für dich gewesen, sondern dass er so tapfer für dich eingetreten ist. Und das habt ihr in eurem Test nirgends berücksichtigt.«

Kati atmete tief durch, schien aber immer noch an meinen Worten zu knapsen. Hätte ich mal bloß meine Schnauze gehalten. Jetzt konnte ich mir den Mund fusselig reden, um sie wieder zu versöhnen.

»Guck, und so einen Typ hätte ich eben auch gerne, einen, der für mich da ist, wenn ich mal Hilfe brauche, und der mich so akzeptiert, wie ich bin. Mit Stärken und ... Schwächen.«

Katis Stimme klang wieder fester, als sie sagte: »Ja, Mila, das verstehe ich.«

»Und zu mir soll er auch Vertrauen haben. Er soll nicht so ein Obermacho sein, der alles selbst kann und so cool ist wie 'ne Eiswürfelmaschine. Der darf auch Schwächen haben und ich würde ihm gerne helfen und wir müssten ganz viel zusammen machen, aber eben nicht alles ... ich ... also ... ich weiß es echt nicht ... Ich denke nur, dass er vielleicht dann doch ganz anders ist, als ich mir das jetzt vorstelle ...«

»Du hast Recht, Mila. Schmeiß den Test weg. Der taugt nichts. Wenn du willst, lege ich dir lieber die Karten.«

Ich hängte sie ganz schnell ab, damit sie meinen schrillen Schrei nicht hörte! Katis esoterischer Schnickschnack brachte mich fast so sehr auf die Palme wie das psychologische Halbwissen meiner Freundin Hanna.

Aber Freundschaft ist ... wenn frau sich nichts draus macht!

Noch mehr Musenküsse

Irgendwie war ich plötzlich ein bisschen berühmt. Mila Schnauze, das Girl mit den sperrigen Haaren und dem nicht weniger sperrigen Charakter, war zu einer anerkannten Songtexterin mutiert. Wildfremde Typen riefen mir auf dem Schulhof ein freundliches »Hey, Alde! Kann isch 'n Audogramm hab'n?« oder ein ebenso freundliches »Hi, Mila!« zu. Je nachdem, ob sie zu den Kniebeißern oder den höheren Klassen gehörten.

Ich hätte mich ja echt darüber gefreut, wenn nicht diese Zicke Vanessa gewesen wäre. Dass die ein Wochenende bei Markus verbracht hatte, stieß mir so sauer auf, dass es trotz des süßen Geschmacks der Berühmtheit voll durchschlug. Ich wollte ja nichts von Markus, aber nachdem er mir schon eine Liebeserklärung gemacht hatte, musste er ja nun wirklich nicht mit dieser Nervensäge rumziehen. So würde er mein Herz bestimmt nicht erobern. Nee, da war ich stur! Und Brian? Tja …

»Was ist nun mit dir und Brian?«, fragten natürlich meine Freundinnen gleich am Morgen nach dem Wochenende.

Ich hatte grade über Vanessa und Markus nachgedacht und sagte etwas verpeilt: »Er ist so ein Armleuchter!«

»WAAAAAAS?«, riefen beide bestürzt.

»Wieso ist Brian ein Armleuchter?«

»Was hat er getan?«

»Nichts. Ich meine doch nicht Brian, sondern Markus. Wie kann der Vanessa zu sich einladen?«

»Ja«, meinte Hanna, »das ist schon heftig. Er und Vanessa, das hätte ich nicht für möglich gehalten.«

»Hat er nicht neulich noch gesagt, die stinkt aus dem Mund, weil sie nur Mist redet?«

»Warum lässt er sich dann so plötzlich mit ihr ein?«

Ich zuckte die Schultern. »Erklär mir die Jungs, dann verstehe ich das Universum!«

Hanna kicherte. »Mila, es macht dir doch nichts aus, oder?«

Ich zwang mir ein Lächeln auf die Lippen, das es aber nicht bis in die Augen hoch schaffte. »Mir was ausmachen? Das doch nicht. Warum sollte es mir überhaupt etwas ausmachen, was Markus tut?«

»Eben!«, sagte Kati und es klang beruhigt. »Du hast ja schließlich jetzt Brian.«

Hatte ich?

Jedenfalls grinste er mich total nett an, als er, wieder mal auf den letzten Drücker, seinen bemützten Kopf in die Klasse steckte und noch rasch vor Rumpelstilzchen reinflutschte. Meine Herren, diese blauen Augen!

Irgendwann würde ich ihm aber mal die Strickmütze abziehen müssen und ihm so richtig durch seine Haare wuscheln. Aber so weit waren wir denn ja doch noch nicht.

Ehe sich jedoch bei mir weitere gefährliche Gedanken entwickeln konnten, stürmte Rumpelstilzchen in die Klasse.

Oha, der war ja mal wieder hochgetunt heute. Das konnte nur bedeuten, dass er am Wochenende den Mathetest korrigiert hatte. Prost Mahlzeit!

»Ich frage mich«, polterte er ohne Begrüßung los, »warum ich meine kostbare Lebens- und Arbeitszeit in diese Klasse investiere? Genauso gut könnte ich mich in den Zoo vor das Affengehege stellen und versuchen den letzten Flachlandgorillas Mathematik beizubringen. Die Wahrscheinlichkeit, dass sie die Wahrscheinlichkeitsrechnung kapieren, scheint mir bei weitem wahrscheinlicher zu sein als bei dieser Klasse.«

Himmel! Dieser rhetorische Aufwand ließ nichts Gutes erwarten.

»Kilian!«, pflaumte er Kiwi an.

»Ja-ha ...«, stotterte der ganz verängstigt.

»Wann, sagtest du, wolltest du an die Hauptschule wechseln?«

»Äh ... hab ich das vorgehabt?«, fragte Kiwi völlig verunsichert.

»Ich möchte es dir noch mal dringend nahe legen. Sechs!«

Er knallte ihm den Test auf den Tisch und kam dann zu Hanna.

»Ah, unser Popsternchen. Wenn du die Wahrscheinlichkeitsrechnung beherrschen würdest, hättest du dir deine Chance schon vorher ausrechnen können. Grade noch ausreichend!«

Nun stand er vor mir. Er lächelte süffisant. »Falls du immer noch glaubst, Mila, dass bei dir Psalm 127 Anwendung finden würde, dann irrst du.«

Ich starre ihn verblüfft an. »Psalm 127?«

»Den Seinen gibt's der Herr im Schlaf«, zitierte er genussvoll die Bibelstelle. »Entweder hast du nicht genug Schlaf gekriegt oder der Herr zählt dich nicht mehr zu den Seinen. Fünf!«

Nun war Brian dran.

»Ein Meister der Unwahrscheinlichkeitsrechnung«, tönte Rumpelstilzchen und ich stellte mir vor, wie er mal wieder Hände reibend um sein inneres Feuerchen hüpfte. »Auch eine glatte Fünf. Dabei heißt es doch, dass gute Musiker auch gute Mathematiker sind. Wie also lautet der Umkehrschluss?«

»Dass Brian auch kein guter Musiker ist?« Das war Knolle, diese Dumpfbacke.

»Danke«, freute sich Rumpelstilzchen über diese unerwartete Schützenhilfe, zeigte sich aber nicht im Mindesten dankbar. »Man sollte nicht meinen, dass diese kombinatorische Höchstleistung von jemandem stammt, der offenbar nicht einmal die Grundrechenarten beherrscht. Ebenfalls Fünf!«

Und so ging es weiter. Einmal durch die ganze Klasse. Dann stand er bei Markus, der ihn erwartungsvoll angrinste. Na, der musste sich ja sehr sicher sein. Wenn er da mal nicht sein blaues Wunder erlebte!

»Kommen wir zu Markus«, holte Rumpelstilzchen diesmal erstaunlich weit aus. »Ich weiß zwar nicht, wie du es anstellst, permanent meinen Unterricht zu stören und trotzdem ansehnliche Leistungen zu erbringen, aber offenbar hat dich mal wieder unverdient ein Strahl der Erleuchtung getroffen. Gut.«

Markus nahm seinen Test und sagte grinsend: »Tja, wer immer strebend sich bemüht …«

Rumpelstilzchen warf ihm einen warnenden Blick zu. Dann ging er zurück zum Lehrertisch.

»Und damit eure Eltern nicht erst wieder zum Direktor rennen müssen, teile ich euch gleich jetzt mit, dass der Test nicht gewertet wird, da zwei Drittel der Klasse ihn nicht bestanden haben. Ich sehe mich also gezwungen, den Stoff noch mal zu erklären und die Arbeit dann zu wiederholen. Aber bildet euch nur keine Schwachheiten ein. Geht das wieder daneben, kenne ich kein Pardon.«

Puh, da hatte ich ja noch mal Glück gehabt. Eine Fünf konnte ich im Moment gar nicht brauchen.

Nach der Englisch- und Deutschstunde hatte ich Rumpelstilzchen schon fast wieder vergessen, als mich auf dem Weg in die große Pause Markus von der Seite anquatschte. Wenigstens schleimte Vanessa grade mal nicht an ihm rum.

»Falls du ein bisschen Nachhilfe brauchst, Mila …«, sagte er.

Ich war zu verblüfft, um gleich zu kapieren, worauf er sich bezog. »Nachhilfe? Worin?«, fragte ich.

Seine braunen Augen blitzten schelmisch. »Zunächst hab ich eigentlich nur an Mathe gedacht, aber wenn du sonst noch irgendwo Bedarf hast …?«

Ich lief wahrscheinlich mal wieder kirschrot an und stammelte: »Äh, ja, Mathe … äh … ich überleg's mir … äh … danke für das Angebot!«

»Dafür nicht«, sagte er nur und grinste frech. »Kannst mir als Gegenleistung ja mal ein Gedicht schreiben. Am besten ein Liebesgedicht.«

Grrrr! Der hatte doch einen Schaden! Das war jetzt schon das zweite Mal, dass er bei mir ein Gedicht abzocken wollte. Nahm der mich auf den Arm oder war er wirklich eifersüchtig, weil ich Brian einen Songtext geschrieben hatte? Ich schielte misstrauisch hinter ihm her. Warum nur wurde ich aus dem Typ einfach nicht klug?

Als ich zu Hause den Briefkasten leerte, erwartete mich eine Überraschung. Ein Brief aus Berlin. Absender: WannseeWerkstatt. Nie gehört. Ich legte den Brief erst mal mit der anderen Post auf den Küchentisch und wärmte mir einen Möhreneintopf auf, den Mama ausnahmsweise mal am Abend vorher vorbereitet hatte.

Dann nahm ich ein Küchenmesser und schlitzte den Umschlag auf. Ratsch. Nur gut, dass ich das Messer gleich wieder auf den Tisch gelegt hatte, denn vor lauter Schreck hätte ich mir sonst noch was aufschlitzen können. Meine Finger zitterten nämlich beim ersten Blick auf den Inhalt des Briefes dermaßen, dass eine Verletzungsgefahr wirklich nicht ausgeschlossen werden konnte. Liebes Lieschen, was war denn das nun wieder?

Oben auf dem Brief stand unter Betreff:

Jugendliteraturwettbewerb Schreiblaune.

Und dann:

Liebe Mila,

wir freuen uns, dass du mit deinem Gedicht »Nichts ist, was es scheint« an unserem Wettbewerb für Jungautoren teilgenommen hast. Wir können dir heute mitteilen, dass dein Text die Jury überzeugt hat und du zu den dreißig Gewinnern gehörst.

Wir laden dich darum herzlich zu uns in die Wannseevilla zu einem Schreib-Workshop ein. Du wirst auf unsere Kosten nach Berlin reisen und eine Woche mit den anderen Gewinnern bei uns wohnen. Dort werdet ihr von bekannten Autoren, Literaturprofessoren und Kritikern viele Tipps rund um die Schriftstellerei bekommen und auch Zeit haben, selbst kreativ zu werden.

Wir freuen uns auf dich.

Dein Wannsee-Team

Der Brief entglitt meinen Händen. Eine Weile saß ich wie versteinert am Küchentisch. Bis mir leicht brenzliger Geruch in die Nase stieg. Ich stürzte zum Herd und zog die verkokelten Möhren von der Platte. Dann las ich den Brief ein zweites Mal. Doch, da stand eindeutig Mila und auch der Titel von meinem Gedicht. Aber wie in drei Teufels Namen waren die an das Gedicht gekommen? Ich hatte es jedenfalls nicht eingeschickt. So vermessen war ich denn doch nicht zu glauben, ich könnte damit mehr als einen Blumentopf gewinnen. Verrückt! Völlig verrückt!

Wenn ich es recht bedachte, hatte ich es doch eigentlich nur für Pegasus in den Chat gestellt ... Hm ... höchst merkwürdig.

Ich musste Kati anrufen. »Kati, wenn ich dir ein Gedicht schreiben würde ...«

»Du – mir – ein Gedicht? Wie komme ich zu der Ehre?«

»Nun unterbrich mich doch nicht. Ich schreib dir natürlich keins ... Also, ich meine, jedenfalls nicht jetzt ... vielleicht zum Geburtstag ...« Ach, Shit! Was laberte ich denn da! Neuer Anlauf. »Also, jetzt red nicht, sondern hör einfach mal zu.«

»Mach ich.«

»Angenommen, wirklich nur angenommen, ich schicke dir ein Gedicht von mir und du findest es gut, würdest du es hinter meinem Rücken bei einem Schreibwettbewerb einreichen?«

»Coole Idee! Soll ich?«

Oh Mann! Drehte das Mädchen am Rad? »Nein, nicht mehr nötig.«

»Wie, nicht mehr nötig?«

»Weil es schon jemand gemacht hat. Ich glaube, Pegasus hat's eingeschickt. Und stell dir vor, ich habe eine Teilnahme an einem Schreib-Workshop in Berlin gewonnen.«

Kati schien es ebenfalls einen Moment die Sprache zu verschlagen. Aber dann platzte es aus ihr heraus. »Genial! Das ist ja groovy! Hätte nie gedacht, dass Brian so was machen würde!«

»Du meinst also, dass er es war?«

»Na klar, wer denn sonst? Ich bin doch schon die ganze Zeit davon überzeugt, dass er dein Mister Lover ist! Passt doch alles zusammen.«

»Aber das war doch bis jetzt alles nur virtuell, ganz unverbindlich, nicht real.«

»Na hör mal, realer geht es ja wohl nicht mehr. Das ist doch ganz süß und es zeigt, dass er dich bei deiner Schriftstellerei voll unterstützt.«

Kati sah das offenbar wirklich alles nur positiv. Hm, war da nicht doch irgendwo ein Haar in der Suppe?

»Du meinst also, ich soll hinfahren?«, fragte ich vorsichtig.

»Aber klar, oder willst du auf so eine tolle Erfahrung verzichten?«

Wollte ich natürlich nicht.

An diesem Abend konnte ich es mal wieder kaum abwarten, Pegasus im Chat zu treffen. Kurz vor zehn Uhr stolperte ich in den Chatroom und wartete.

Pegasus galoppiert in den Chatroom. Hallöle!

Sofort schrieb ich eine Begrüßung.

Wolkenkranich: *Hi, Flügelross!*

Pegasus: *Hi, Wolkenkranich!*

Wolkenkranich: *Rate, was passiert ist?*

Pegasus: *Fünf in Mathe!*

Wolkenkranich: *Auch, aber noch was anderes. Was hast du mit meinem Gedicht gemacht?*

Pegasus: *Gedicht? Welchem denn …?*

Wolkenkranich: *Nichts ist, was es scheint ...*
Eine Reihe listig grinsender Smileys tauchte auf.
Wolkenkranich: *Du hast es zu einem Schreibwettbewerb geschickt. Gib es ruhig zu! Leugnen ist zwecklos!*
Pegasus: *Mea culpa!*
Wolkenkranich: *Häh?*
Pegasus: *Das heißt, ich bekenne mich schuldig.*
Wolkenkranich: *Du bist verrückt.*
Pegasus: *Nicht mehr als du.*
Haste was gewonnen?
Wolkenkranich: *Ja, hab ich – eine Woche Schreibwerkstatt in Berlin!*
Pegasus: *Wow. Congratulations! Wusste doch, dass du zu Höherem berufen bist.*
Wolkenkranich: *Ich bin total durch den Wind!*
Pegasus: *Kein Grund.*
Wolkenkranich: *Das müsste doch gefeiert werden. Wie wäre es?*
Pegasus: *Fahr erst mal hin, dann sehen wir weiter ...*
Wolkenkranich: *Du meinst, ich soll das wirklich machen? Da kommen dreißig Leute hin und echte Autoren und Literaturkritiker von der Zeitung ...*
Pegasus: *Genial! Aber lass dich bitte nur von der Muse küssen und von niemandem sonst!*

Und ehe ich ihm auf dieses vorwitzige Statement antworten konnte, war er auch schon aus dem Chat galoppiert.

Meine Güte, hatte der plötzlich Mutbrause getrunken? So direkt hatte Brian mich ja noch nie angegraben. Offenbar lagen Hanna und Kati mit ihrer Theorie doch nicht so falsch. Das klang ganz, als ob er tatsächlich in mich verliebt wäre! Aber war Brian wirklich Pegasus? Ganz tief in meinem Inneren war ein kleiner, letzter Zweifel und ich fragte mich, ob nicht vielleicht Pegasus etwas mit dem Typ zu tun hatte, der mich in Berlin so heimlich aus dem Hinterhalt geküsst hatte. So süß, so zart, so, dass es eigentlich zu gar keinem Jungen, den ich kannte, passte. Höchst mysteriös!

Und dann wurde ein Traum Wirklichkeit. Mit dem Einverständnis von Frau Kempinski wurde ich eine Woche von der Schule befreit und Mama gab natürlich auch sofort ihre Erlaubnis.

Als ich wenige Wochen später im Zug nach Berlin saß, wurde mir dieses Wunder erst so richtig bewusst und ich hätte Pegasus knutschen können. Ich musste kichern: Ich glaub, ich küss ein Pferd! So herum war das doch mal was Neues.

Bei dem Gedanken an Pferde schob sich neben das Bild von Brian unwillkürlich das von Markus vor mein inneres Auge. War schon ziemlich nett von Markus, dass er mit mir Mathe nacharbeiten wollte. Das Angebot musste ich auch unbedingt annehmen, denn eine Fünf konnte ich mir bei meiner wackligen Englischnote nicht leisten. Egal, ob er mit Vanessa rummachte oder nicht. Nachhilfe war schließlich eine rein sachliche Angelegenheit.

Ich lehnte mich entspannt zurück, bereit, auf meinem Weg zur Erfolgsautorin ein paar große Schritte vorwärts zu stürmen.

Piwi würde Augen machen! Ich kicherte. Mama hatte es ihm bestimmt gleich erzählt. So wie die sich für mich gefreut hatte. Ätsch! Da konnte er mal sehen, was in mir steckte. Da brauchte er gar nicht so über meine dichterischen Ergüsse zu lästern. So schlecht war das Liebesgedicht, das ich ihm damals in schwärmerischer Anwandlung geschrieben hatte, wirklich nicht. Wenn Piwi so an der Förderung junger Talente interessiert war, wie er in Berlin behauptet hatte, hätte er ja auch mal was für mich tun können. Zum Beispiel genau wie Pegasus heimlich mein Gedicht einreichen. Aber er, er hatte es ja für ein Gedicht von Vanessa gehalten! Püh! Als wenn die Schnecke schreiben könnte. Nur weil die sich einbildete, eine Seelenverwandte von ihm zu sein, musste sie ja nun nicht gleich von der Muse geküsst worden sein. Nee, Piwi, dachte ich, die Chance, der Manager einer Erfolgsautorin zu werden, die haste nun vergeigt! Da griff ich doch lieber auf Pegasus zurück.

Komisch, dass Brian so eine gespaltene Persönlichkeit war und sich im wirklichen Leben so gar nichts von unserer Chat-Beziehung anmerken ließ. Na ja, vielleicht war er einfach nur hochsensibel und darum supervorsichtig. Das sagte man Eminem ja auch nach.

Der Workshop fand in einer noblen Villa aus der Kaiserzeit statt. Von einer Terrasse, die durch einen von dicken Säulen getragenen, halbrunden Balkon überdacht war, konnte man direkt durch einen kleinen Park hinunter zum Wannsee gehen.

Dreißig Jungen und Mädchen zwischen vierzehn und zwanzig Jahren standen mit mir zur Begrüßung in einer großen Eingangshalle. Thomas, Sandy und Herr Dr. Breustedt, die Leiter des Workshops, stellten sich kurz vor und hießen uns willkommen.

»Ihr habt alle durch eure Wettbewerbsbeiträge gezeigt, dass ihr Talent zum Schreiben habt«, sagte Dr. Breustedt in seiner kleinen Ansprache. »Aber

Talent muss ausgebildet und in die richtigen Bahnen gelenkt werden. Unser Workshop will euch auf eurem Weg in den Literaturmarkt ein Stückchen weiterhelfen. Wir und unsere Gastdozenten, bekannte Autoren und Literaturkritiker, werden euch ein paar Erfolgsrezepte verraten und ihr könnt in dieser Woche nach Herzenslust experimentieren. Danke, dass ihr gekommen seid, und viel Spaß in unserem Haus.«

Sandy und Thomas zeigten uns dann, wo wir schliefen. Ich bekam ein schönes Zimmer mit Fenster zum Wannsee und eine Mitbewohnerin aus Wolfsburg, die Kelly hieß und mir auf den ersten Blick sympathisch war. Sie war schon neunzehn Jahre und arbeitete in einem Autowerk in der Fertigung, was mich ziemlich wunderte. Autos zusammenzubauen und zu schreiben, das passte in meinem Kopf nicht so ganz zusammen.

Kelly lachte, als ich ihr das ganz unverblümt sagte. »Du hast nicht etwa eine etwas elitäre Einstellung?«, neckte sie mich. »Meinst du, dass Arbeiter nicht auch schriftstellerische Fähigkeiten haben können? Ich muss ja nicht mit Goethe konkurrieren und sauber ins Versmaß gesetzte Gedichte schreiben. Literatur ist doch so vielfältig.«

Und dann erzählte sie mir, dass sie im Jahr zuvor bereits Preisträgerin des Wettbewerbs *Literaturwolf* gewesen war und dass sie vor allem realistische Kurzgeschichten schrieb.

Ich war beeindruckt. Klar, ich schrieb ja auch nicht nur Gedichte, sondern vor allem einen krassen Schlüsselroman über meine Erfahrung mit Piwi. An dem wollte ich ja hier auch unbedingt weiterarbeiten. Wer weiß, wenn die Story dem Kritiker, der uns besuchen sollte, gefiel, würde er mich vielleicht sogar an einen Verlag weiterempfehlen. Aber im Moment waren das natürlich nur dicke Rosinen in meinem Kopf.

Nach einem leckeren Abendessen vom Buffet begann der Workshop mit einem Kennenlernspiel und einer Schreibübung für alle. Sandy hielt uns eine Schachtel mit Kassenbons hin, aus der sich jeder einen ziehen sollte.

»Und nun?«, fragte ich Kelly erstaunt.

Aber die hatte auch keine Ahnung.

Thomas klärte uns sogleich auf. »Schaut euch euren Bon genau an und schreibt eine kleine Story darüber. Überlegt, was für eine Geschichte so ein Kassenzettel erzählt. Wir treffen uns dann in einer Stunde wieder. Gutes Gelingen.«

Krass. Ich beschloss, mich an einen kleinen Tisch in den Garten unter eine Trauerweide zu setzen, den ich vorhin beim Blick aus meinem Fenster entdeckt hatte. Mit Schreibbrett und Stiften bewaffnet machte ich mich auf den Weg dorthin.

Auf den ersten Blick wirkte mein Kassenzettel nicht sehr inspirierend.

10.2.04, 14:17 Uhr, Galeria Kaufhof

Payback-Kunde 24519673032

Gr. Shell-Atlas, Ritter Nugat 100 g, Milka Alpenmilch, Milka Ganze Mandel, Mozartkugeln …

Alles für zusammen 17,71 Euro.

Hm, wie sollte ich daraus eine Geschichte machen? War doch ein ganz alltäglicher Einkauf. Das heißt, so ganz alltäglich auch wieder nicht. Schließlich kaufte man sich ja nicht jeden Tag einen Straßenatlas. Und so 'ne Menge Schokolade? Vielleicht hatte mein Payback-Kunde vorgehabt zu verreisen. Und er brauchte ganz viel Proviant. Vielleicht war es ein Mädchen, das gerade seinen Führerschein gemacht hatte, und nun zum ersten Mal mit seinem eigenen Auto eine Reise machen wollte. Deswegen hatte es sich den Atlas gekauft, weil es nämlich noch keinen hatte, und es war vielleicht ein bisschen frustriert und hatte deswegen so einen Heißhunger auf Schoki. Vielleicht war es auch nur nervös, weil es seinen Freund besuchen wollte, der zweihundert Kilometer entfernt bei der Bundeswehr stationiert war. Dem wollte es auch was mitbringen, die Mozartkugeln vielleicht …

Ich machte mir ein paar Notizen auf meinem Schreibbrett. Wie kriegte ich jetzt noch eine dramatische Verstrickung hin? Na ja, erst mal anfangen. So eine nervöse Fahranfängerin auf ihrer ersten Fahrt zu ihrem Freund beim Bund gab doch schon mal was her. Ich wählte die Ich-Form und legte los.

Nach einer Stunde ertönte ein melodiöser Gong und alles strömte in einem kleinen Saal mit niedriger Bühne zusammen.

Wir bildeten einen Kreis mit den Stühlen und dann wurde vorgelesen. Wer etwas produziert hatte und Lust verspürte, es vorzustellen, konnte sich melden. Wer lieber erst mal hören wollte, was die anderen so geschrieben hatten, konnte das ebenfalls machen. Es ging ein bisschen lahm los, aber bald kamen die ersten Lacher und es wurde ein spannender und teilweise lustiger Abend, bei dem ich dann auch meine Fahranfängerin mit dem Schokoladenheißhunger zum Besten gab. Ich hätte nie gedacht, dass ich so nervös sein würde. Die Blätter in meiner Hand zitterten so stark, dass ich kaum die Wörter lesen konnte. Und im Hals steckte ein fetter Kloß und mit Spucke runterspülen ging nicht, weil ich überhaupt keine Spucke mehr hatte. Ich schluckte krampfhaft, einmal, zweimal, dann reichte Kelly mir ihre Wasserflasche und ich nahm dankbar einen kräftigen Schluck. Puh, so, jetzt ging es mir schon besser und mutiger geworden begann ich zu lesen. Am Ende gab es total viel Beifall und ich war maßlos erleichtert.

»Klasse«, lobte mich auch Kelly. »Ein echt witziger Schluss und so überraschend.«

Ich freute mich riesig, dass es ihr gefallen hatte.

Den meisten Leuten ging es nicht anders als mir. Viele hatten am Anfang Stress mit dem öffentlichen Vorlesen, weil alle genau wie ich natürlich ein bisschen Angst vor einem Verriss hatten. Aber so ironisch, wie Piwi mir gekommen war, fuhr einen hier keiner an. Die waren alle total konstruktiv und wohlwollend und man merkte ihnen an, dass da nichts, aber auch gar nichts persönlich gemeint war. Es ging wirklich darum, Texte, die schon ganz gut waren, noch mehr zu verbessern, damit sie sehr gut wurden.

Wir begriffen alle sehr schnell, dass im Literatur-Business mit falscher Animosität oder eingebildetem Dünkel nichts zu erreichen war. Und als an einem Abend sogar der Chef von dem Verlag da war, in dem so viele Popliteraten erschienen waren, da schrieb ich jedes Wort mit. Echt heilig!

Die Abende waren stets lang und ich schlief meistens wie ein Stein. Aber in einer Nacht hatte ich wieder mal einen sehr speziellen Traum. Als ich am Morgen aufwachte, da hatte ich zwar den Inhalt völlig vergessen, aber ich verspürte das Gefühl, dass mein Leben an einem Wendepunkt angekommen war. Diese tolle Atmosphäre hier, die Anerkennung, die ich erfuhr, das war einfach mega. Und wem hatte ich das alles zu verdanken? Nicht etwa Pit Winter, nein, einzig und allein Pegasus, meinem geheimen Chat-Flirt.

Und weil das so war, wusste ich auch, dass alles, was ich von Seelenverwandtschaft zwischen mir und Piwi gefaselt hatte, nur eingebildet war. Wenn überhaupt so etwas bestand, dann allenfalls zwischen mir und diesem süßen Pegasus! Wer immer es auch war, Brian oder sonst wer – das war mir schnurzegal. Von mir aus konnte er klein und dick oder groß und dürr sein, blonde oder schwarze Haare haben, meinetwegen auch Pickel auf der Nase. Denn seit ich an diesem Morgen aufgewacht war, wusste ich, dass ich keinen Liebestest mehr machen musste. Es gab nur einen Mr Right, und der hieß Pegasus!

Und wenn ich wieder zu Hause war, würde ich es schon irgendwie hinkriegen, ein Date mit ihm zu arrangieren. Schließlich hatte es mit Hanna und ihrem anonymen Handy-Lover am Ende auch geklappt.

Vielleicht war ja sogar Pegasus der unbekannte Küsser von Berlin? Das wäre einfach himmlisch!

Ich glaubte es selber kaum, aber es fiel mir wie Schuppen von den Augen und total aufgeregt stellte ich fest, dass ich wieder verliebt war! Und sofort zog ich aus dieser Erkenntnis die Konsequenz: Tschüss, Piwi, dachte ich, es ist vorbei. Kannst Mama haben, mit uns, da läuft nix mehr.

Einen Lovesong vor mich hin trällernd machte ich mich bestens gelaunt auf den Weg zum Buffet. *Love is in the air …*

Nach dem reichhaltigen Frühstück besuchte uns ein Dozent für *Kreatives Schreiben* von der Berliner Uni. Er ließ uns in kleinen Gruppen zu einem gemeinsamen Thema üben. Brainstorming,

Schreiben und Vortragen waren die einzelnen Lernschritte bis zum Mittagessen. Danach durfte sich wieder jeder alleine mit der Muse zurückziehen und an etwas arbeiten, was ihn oder sie persönlich beschäftigte. Ich nahm meinen Schlüsselroman mit und setzte mich wieder in den Garten.

Nicht weit von mir entfernt hatte sich ein interessanter Typ auf einer Bank niedergelassen. Ich schätzte ihn auf etwa sechzehn Jahre. Von dem Kennenlernspiel wusste ich, dass er Benny hieß. Rein äußerlich hatte er etwas Ähnlichkeit mit Markus, aber er wirkte knuddeliger. Obermachoknuddel! Kicher.

Ob ich den mal ansprechen sollte? Ich war ja schließlich auch hier, um ein paar Kontakte zu knüpfen. Nach dem Workshop konnte man sich vielleicht übers Internet mit einigen Leuten weiterhin austauschen. Sich gegenseitig Texte schicken und Tipps zur Verbesserung geben. Ich fand, dass der Typ nett wirkte, und so startete ich einen Versuch.

Schon als ich zu ihm rüberpilgerte, sah er von seinem Block auf und lächelte mir freundlich entgegen. »Na, schöpferische Pause?«, fragte er.

Er nahm die Beine von der Bank, so dass ich mich neben ihn setzten konnte. Er kam aus Hamburg und hatte mit einem Sketch die Teilnahme am Workshop gewonnen. Krass.

»Dann scheinst du ja schon zu wissen, wie man gute Dialoge schreibt«, sagte ich bewundernd, denn das schien mir das Allerschwierigste zu sein.

»An unserer Schule gibt es eine Kabarett-AG und einen total engagierten Deutschlehrer. Da hab ich mir eine Menge abgeguckt.« Er sah mich neugierig an. »Du bist wohl eine der jüngsten Teilnehmerinnen. Wie gefällt es dir hier?«

Ich wurde ein wenig verlegen. So viel älter war er ja nun auch nicht. Daher ging ich auf diese Bemerkung einfach nicht ein und beantwortete seine Frage mit einem begeisterten Wortschwall.

Er grinste über so viel Enthusiasmus und schlug dann vor, gemeinsam zum Kuchenbuffet zu gehen. Das hielt ich für einen sehr guten Einfall.

Am Spätnachmittag kam dann wieder die Stunde der Wahrheit: eine weitere Vorleserunde.

Ich überlegte, ob ich ein Stückchen aus meinem Roman vorlesen sollte, aber dann fand ich das doch zu heikel. Der war einfach mit zu viel Herzblut geschrieben, und das machte mich vermutlich überempfindlich. Die Gefahr, sachliche Kritik persönlich zu nehmen, war einfach zu groß.

Ich beschloss am nächsten Tag, den Roman ganz tief in meiner Reisetasche zu vergraben und erst zu Hause daran weiterzuarbeiten. Er blockierte mich hier nur. Ich musste mich öffnen und möglichst viel ausprobieren, um jede Menge neue Erfahrungen und viele Anregungen mit nach Hause zu nehmen.

Ich erzählte Kelly von meinem Entschluss und sie fand meine Entscheidung gut. Dann gestand sie mir, dass sie auch mit einem autobiographischen Roman angefangen hatte, als sie vierzehn war.

»Was ist daraus geworden?«, fragte ich neugierig.

»Er ist in einer Schublade verschwunden und bis heute nicht wieder hervorgeholt worden. Ich glaube, ich habe ihn ohne jede Distanz und mit so viel Gefühl geschrieben, dass jedem Leser übel geworden wäre. Er war grottenschlecht.«

Ich schluckte.

Tief in der Nacht wachte ich auf. Ich taperte zu

meiner Reisetasche hinüber und holte mein Romanmanuskript hervor. Dann schlich ich damit in die kleine Bibliothek am Ende des Ganges, knipste eine Leselampe an und hockte mich in einen dicken alten Sessel vor dem Kamin. Ich betrachtete das Titelblatt.

Herzenskrise, geschrieben von Mila.

Dies ist die dramatische Geschichte einer unerfüllten Liebe. Sie beginnt nicht auf Sylt an einer Fischbude, sondern in einer stinknormalen Schule und die Heldin Jamba trägt auch keine Barbour-Jacke, sondern nur eine Jeansjacke von H&M. Sie lebt nicht im Jetset, sondern bei einer allein erziehenden Mutter ohne Lebenspartner, und das ist letztlich auch das Problem.

Denn genau wie sich die Heldin nach Liebe sehnt, tut das auch ihre Mutter und es ist eine besondere Tragik, dass beide sich in den gleichen Typ verknallen: in den Deutschreferendar von Jamba …

Ich las und las und nachdem ich den Einstieg noch gar nicht mal so übel gefunden hatte, merkte ich, dass der Text immer schlechter wurde, je mehr ich mich auf konkrete Ereignisse bezog. Richtig grauenhaft fand ich ihn, wenn Gespräche eingestreut waren. Obwohl es zum Teil Dinge waren, die tatsächlich gesagt worden waren, kam es mir ganz oft richtig hölzern und steif vor. Da fehlte es einfach an Esprit. Außerdem triefte der Text oft viel zu bedeutungsschwer vor sich hin. Aber um ein bisschen Humor oder Selbstironie hineinzubringen, dafür fehlte mir tatsächlich wohl noch ein gewisser Abstand.

Der Morgen dämmerte bereits, als ich das Manuskript zusammenpackte und leise wieder ins Zimmer schlich. Ich vergrub meinen Enthüllungsroman noch tiefer in meiner Reisetasche und legte mich noch mal ins Bett. Als ich die Augen schloss, atmete ich einige Male tief ein und aus.

Ich war irgendwie froh und Kelly total dankbar.

Als ich aufwachte, war es, als hätte ich eine Blockade durchbrochen, die meine Kreativität eingeschnürt hatte. Ich fühlte mich gut aufgelegt und sprühte nur so vor Einfällen.

Wir hatten Kleingruppen gebildet und sollten uns etwas zum Thema *Lieder mit Frieda* einfallen lassen. Benny war in meiner Gruppe und als alter Kabarett-Hase konnte er uns natürlich eine Menge Tipps geben. So texteten wir denn munter drauflos und entwickelten witzige Songs, Gedichte und Dialogszenen. Dabei waren wir teilweise so aufgedreht, dass unser Gelächter durchs halbe Haus schallte.

Wir besorgten uns eine Rolle Klopapier und schrieben alle unsere Einfälle drauf. Dann stiegen wir in den obersten Stock der Villa und ließen die Rolle die ganze Treppe bis ins Erdgeschoss runterrollen. Jeder, der jetzt durchs Treppenhaus ging, konnte so unsere kreativen Ergüsse lesen und sich darüber amüsieren.

Thomas fand die Idee sehr cool und ermunterte die anderen Teilnehmer, sich doch auch so etwas einfallen zu lassen. Das führte dazu, dass bald überall im Haus so genannte Pflückgedichte hingen. Mit Wäscheklammern an Leinen aufgehängte lyrische Ergüsse, coole Sprüche und Aphorismen. Jeder konnte etwas dranfügen und wer etwas entdeckt hatte, was ihm gefiel, konnte es einfach abpflücken und mitnehmen.

Ich pflückte mir natürlich was von Benny und von Kelly.

Und dann war auch schon der letzte Abend da und Dr. Breustedt kündigte uns eine große Überraschung an.

Die war dann ein leibhaftiger Popliterat: Christian Kracht.

Ich dachte, ich falle in Ohnmacht. »Halt mich fest«, sagte ich zu Kelly und als sie wissen wollte, was mich so aus den Latschen warf, erzählte ich ihr von meinen ersten popliterarischen Gehversuchen.

»Haste den Text denn mit?«, fragte sie neugierig. Ich hatte. Er steckte mit allerlei anderen Versuchen in meiner Schreibmappe. Sie überflog ihn und brach dann in Gelächter aus.

»Das musst du vortragen, unbedingt. Ich mache eine Kopie und gebe sie Sandy. Die soll mal gucken, ob sie das heute Abend irgendwo mit ins Programm einbauen kann.«

Sandy konnte. Sie grinste mich an und sagte: »Das ist eine echt witzige Persiflage. Das nehmen wir mit ins Nachstudio im Anschluss an die Lesung von Kracht.«

Was sie mir allerdings nicht gesagt hatte, war, dass der Berliner Rundfunk da war und die Abschlussveranstaltung unseres Workshops aufzeichnete.

Als wir am nächsten Morgen beim Frühstück saßen, wurde die Aufzeichnung gesendet und mir blieb fast das Brötchen im Halse stecken.

Thomas drückte mir beim Abschied eine Kassette mit dem Mitschnitt in die Hand und sagte grinsend: »Schick es mal an den Verleger, der hier war. Steckt meines Erachtens ein großes Potenzial drin.«

Ich verabredete mit Kelly, Benny und ein paar anderen Teilnehmern in Kontakt zu bleiben und dann saß ich wieder im Zug nach Hause.

Sinnierend schaute ich auf die vorbeifliegende Landschaft und dachte an Pegasus. Mein Herz wurde dabei ganz warm. Es war einfach unglaublich, was ich dem Typ zu verdanken hatte. Und ohne es eigentlich zu wollen, flüsterte ich ganz leise: »Danke, Pegasus, danke, dass du das für mich getan hast. Echt, dafür liebe ich dich ...«

Zu Hause nahm dann das Erzählen kein Ende. Erst musste ich Mama alles haarklein berichten, dann Hanna und Kati. Aber als ich in den Chat ging, um Pegasus zu danken, kam er einfach nicht an Land. Hm, sicher wusste er nicht, dass ich schon wieder da war. Oder er hatte, nachdem wir eine ganze Woche nicht gechattet hatten, einfach den Termin verpasst. Schade.

Am Montagmorgen in der Schule musste ich im Deutschunterricht noch mal Frau Kempinski und meiner Klasse alles erzählen. Hanna plauderte aus, dass es einen Radiomitschnitt gab, und so wurde ein Ghetto-Blaster besorgt und das peinliche Stück Hörprosa abgespielt. Aber irgendwie kam es dann doch nicht so peinlich rüber, wie ich gedacht hatte. Sogar solche Affen wie Kiwi und Knolle hielten ausnahmsweise mal ihre Klappe.

Brian gratulierte mir und erzählte, dass seine Band jetzt zu den letzten drei Gruppen gehörte, die am kommenden Freitag im Harlekin um den Sieg der Vier-Chancen-Tournee kämpfen durften. »Unser Lied ist dabei«, sagte er stolz und mir wurde beim Wörtchen *unser* ganz anders.

Irgendwann nahm Markus mich zur Seite, um einen Termin für die Mathenachhilfe mit mir zu verabreden.

»Je eher, umso besser«, sagte ich und da bot er an, nach der Schule mit zu mir zu kommen.

»Sind schließlich nur noch drei Tage bis zum Test und Rumpelstilzchen hat noch einen komplett neuen Stoff angefangen. Wenn du da nicht übst, wirst du ablosen.«

So fuhr Markus sehr zum Ärger von Vanessa nach Unterrichtsschluss mit dem Bus mit zu mir nach Hause.

Erst musste ich ja die Erinnerung an die Horrorspontanfete wegdrücken, aber dann lief es ganz easy. Wir aßen zusammen Pizza aus der Mikrowelle und er löcherte mich mit Fragen zur Schreibwerkstatt. Da ich ihm immer mehr witzige Details erzählte, wurde es ein echt lustiges Mittagessen. Dann half er mir beim Tischabräumen und wir machten uns an Mathe.

Der Stoff war ziemlich verzwickt, aber irgendwie erklärte ihn Markus ganz gut und es gelang mir sogar, zwei von den Übungsaufgaben richtig zu lösen. Trotzdem blieben noch viele Fragen offen.

»Hast du morgen denn noch mal Zeit?«, sondierte ich vorsichtig.

»Klar, wir haben doch eine Freistunde, weil Sprinter sich einen Muskelriss in der Wade zugezogen hat.«

»Wie ist das denn passiert?«

»Kiwi ist ihm vor die Füße gerannt und da ist er so krass über ihn gestolpert, dass er den reinsten Damenspagat hingelegt hat. Ja, und das hat sein Muskel wohl nicht verkraftet.«

Ich grinste schadenfroh. Pfui aber auch. Doch bei Sprinter versagte mein Mitgefühl.

»Ich hab in der Stunde ja eigentlich Sport bei

Frau Wolter. Hat die vielleicht auch einen Sportunfall gehabt?«

Markus schüttelte den Kopf. »Wie wäre es, wenn du dich einmal befreien lassen würdest?«

»Und mit welcher Begründung?«

Markus grinste frech. »Ich wüsste schon was. Es gibt da so spezielle Frauenleiden …«

Ich fluchte und jagte ihn lachend aus dem Haus.

Aber wie es schien, blieb mir wohl tatsächlich nichts anderes übrig, als bei Frau Wolter meine Regel vorzuschieben. Der Mathetest war einfach wichtiger.

Und als ich dann Mittwoch mit rauchendem Kopf über dem Testbogen saß, da war ich mega-froh, dass ich die Gelegenheit genutzt hatte, mit Markus so gründlich zu üben.

Einmal noppte sich Rumpelstilzchen neben mich und starrte mir über die Schulter. Ich wurde total nervös und konnte nur noch mit zitterndem Filzer weiterschreiben.

Als ich das Endergebnis hinpinselte, hüstelte er gekünstelt, was mich total verunsicherte. Aber als wir dann in der kleinen Pause die Ergebnisse verglichen, hatte ich zumindest die Aufgabe schon mal richtig. Na, das berechtigte doch zu den schönsten Hoffnungen. Danke, Markus!

So wäre ja nun fast alles paletti gewesen.

Aber irgendwie kam Mama mir verändert vor. Sie wirkte manchmal ganz fahrig und dann wieder tief in Gedanken, so dass ich mich fragte, ob wohl in ihrer Affäre mit Piwi etwas schief lief. Ob sie sich trennen werden?, überlegte ich und stellte zu meinem Erstaunen fest, dass es mir relativ egal war.

Seit dem Berliner Workshop hatte ich mein Interesse an Pit Winter tatsächlich gänzlich verloren. Mit dem Manuskript meines Schlüsselromans hätte ich auch ihn gerne endgültig zu den Akten gelegt. Das Einzige, was ein bisschen nervte, war der Umstand, dass er über meine Mutter immer noch ungebeten in meinem Leben rumspukte. Aber wenn sie es so wollte und solange er mir nicht ständig über den Weg lief …

Am Morgen nach dem Mathetest hing Mama allerdings mit grünlichem Gesicht am Frühstückstisch rum.

»Was ist? Ist dir schlecht?«

Stummes, wehleidiges Kopfnicken und verhaltenes Würgen.

»Liebes Lieschen! Hast du was Falsches gegessen?«

»Sushi …«

»Das ist es – roher Fisch! Ganz klar, das ist 'ne Fischvergiftung.«

»Notarzt?«

»Haste Krämpfe? So in Armen und Beinen, Fingerspitzen?«

»Nee, nur im Bauch.«

»Ich rufe mal Dr. Dieter an. Das kann ich nicht entscheiden.«

Sie winkte ab. »Ach, lass nur, es geht sicher gleich wieder«, meinte sie.

Doch drei Tage später hing sie morgens schon wieder über der Kloschüssel.

»Willste das mit dem Sushi-Essen nicht mal aufhören, wenn es dir nicht bekommt?«

»Ich …«, röchel, würg, »… hab doch gar kein Sushi gegessen. Nur Pasta.«

»Frutti di mare? Mit Muscheln?«

Stummes Nicken.

«Dann waren es die Muscheln. Hundertpro. Mollusken-Allergie.«

»Mollu-was?«

»Mollusken. Das heißt Weichtiere. Da kann man allergisch drauf sein.« Ich war echt davon überzeugt, dass Mama a) einen empfindlichen Magen hatte und b) in der letzten Zeit offenbar zu oft das Falsche aß – bis … tja, bis ich die Gurken im Kühlschrank entdeckte. Drei Gläser Gurken im Kühlschrank: sauer, salzig und mit Knoblauch! Sofort läuteten die Alarmglocken in meinem Kopf Sturm!

In höchster Erregung griff ich zum Handy.

»Hanna? Als deine kleine Schwester unterwegs war, woran hast du das gemerkt?«

Ein Moment perplexes Schweigen, dann ein verlegenes Lachen. Hannas nächste Worte klangen nach kaum gezügelter Neugier. »Warum interessiert dich das?«

Ich hatte keine Lust, darauf einzugehen. »Los, sag schon!«

»Also, hm, erst hat sie ständig gespuckt und dann hat sie dauernd saure Gurken gegessen … und Schokoküsse. Genau! Immer abwechselnd: ein Glas Gurken, eine Packung Schokoküsse. Und da hat mein Vater eines Tages gesagt, also wenn er nicht wüsste, dass es nicht sein könne, würde er annehmen, dass sie schwanger wäre. Und das war sie dann auch … Mila? Ist was, du sagst ja gar nichts …?«

Ich unterbrach die Verbindung und legte das Handy zur Seite. Meine Bewegungen waren langsam, zombiehaft. Und wie ein Roboter murmelte ich mechanisch vor mich hin: »Ganz recht, wenn ich es nicht besser wüsste, würde ich sagen, sie ist schwanger …«

Liebeschaos hoch drei

Mama hatte es selbst schon gemerkt, dass etwas nicht so ganz stimmte mit ihr.

Als sie an diesem Abend nach Hause kam, tat sie sehr geheimnisvoll, ging, kaum dass sie ihren Mantel ausgezogen hatte, ins Bad und kam nach zehn Minuten mit bleichem Gesicht und hektisch roten Flecken auf den Wangen wieder in die Küche.

Ich war gerade dabei, einen Salat für das Abendessen anzumischen, und sie setzte sich wortlos an den Küchentisch, auf dem mein Ghetto-Blaster stand und mit voller Lautstärke dröhnte. *Ich bin ein Star – holt mich hier raus …*

Sie starrte eine Weile auf die Tischplatte und tupfte konzentriert mit dem kleinen Finger Krümel vom Frühstück auf. Liebes Lieschen!

»Machste das etwas leiser?«, bat sie schließlich.

Ich regelte den Sound runter, bis er nur noch ein Soundchen war. Woran würgte sie denn nun schon wieder rum? War doch transparent, dass ihr etwas im Hals steckte.

»Was gibt's? Du siehst irgendwie nicht gesund aus. Willste 'ne Gurke?«

Das war jetzt gemein und es tat mir auch gleich Leid, aber ehe ich noch reagieren konnte, sagte sie mit leicht ironischem Tonfall: »Später vielleicht, jetzt wäre mir ein Schokokuss lieber.«

Ich biss mir auf die Zunge. Irgendwie war sie

doch cooler, als ich gedacht hatte. Ich reichte ihr die Packung rüber. »Und?«

»Du hast es doch schon erraten …«

»Befürchtet!«

Sie blickte wieder auf die Tischplatte. Ihre Krümelaufpickerei ging mir allmählich auf den Keks.

»Also gut«, sagte sie mit nicht sehr taffer Stimme. »Ich habe grade einen Test gemacht – ich bin schwanger.«

Wir starrten uns an. Beiden war uns die Ungeheuerlichkeit klar. Nur einer konnte der Vater sein – Pit Winter!

Obwohl es unverbrüchliche Gewissheit war, stammelte ich: »Das … das ist nicht dein Ernst! Das tust du mir nicht an …«

Ich kriege zu viel, dachte ich und malte mir mit Entsetzen aus, wie sie im Krankenhausbett lag, genau wie seinerzeit Frau Kempinski, und in ihrem Arm ein Baby hielt – einen kleinen, verschrumpelten, kreischenden Piwi!

Das war zu viel! Warum war ich nur mit einer derartigen Vorstellungskraft geschlagen? War nicht auch so schon alles schlimm genug? Musste ich es auch noch in so lebhaften, realistischen Bildern vor mir sehen?

Grausam!

Ich raste aus dem Zimmer und stürzte völlig panisch ins Bad. Oh, shit! Da stand der Test noch auf dem Waschtisch und daneben lag ein Zettel, auf dem stand, wann das Ergebnis negativ und wann positiv war. Kristallklar, da biss die Maus keinen Faden ab. Meine Mutter war schwanger!

Völlig von der Rolle sank ich auf den Toilettensitz nieder, stützte die Ellbogen auf die Knie und packte meinen Kopf zwischen die Hände. Denkerpose – verzweifelt!

Das konnte doch alles nicht wahr sein! Meine Mutter erwartete ein Kind von meiner ersten Liebe! Und dabei hatte ich geglaubt, diesen Typ endlich aus meinem Leben geschmissen zu haben, mich endlich von meinen Gefühlen für ihn befreit zu haben. Und dann so was. Das hebelte einem doch glatt den Verstand aus. So verdammt gut brauchte mein Roman doch gar nicht zu werden, dass das Schicksal dafür extra so eine grauenhafte Story entwerfen musste.

Ich war echt sauer! Warum musste mir das nun schon wieder passieren? Das war nicht fair. Auf dem Weg zurück in die Küche haderte ich weiter mit dem Schicksal.

»Findest du dich nicht selbst ziemlich gemein?«, schimpfte ich vor mich hin.

Mama hantierte an der Spüle.

Ich setzte mich an den Tisch. »Okay, du bist also schwanger. Und was jetzt?«

»Keine Ahnung.« Sie klang erstaunlich ruhig.

»Du kannst nicht einen Frisiersalon leiten und ein Baby hochpäppeln! Denk nicht, dass ich dich dabei auf irgendeine Weise unterstütze.«

»Denke ich ja nicht ...«

Schweigen.

»Also, ich muss mir die ganze Situation erst mal durch den Kopf gehen lassen.«

»Du willst es doch nicht hier bei uns behalten? Das geht auf keinen Fall!«, lehnte ich vehement ab. Da sollte sie mal gar nicht erst auf dumme Gedanken kommen. Am besten, sie übergab es gleich dem Vater und Piwi kümmerte sich drum. Klar, allein erziehende Väter waren doch absolut in. Da konnte er echt mal beweisen, was in ihm steckte. Pädagogisch, meine ich. Im Direktangriff machte ich gleich mal ein bisschen Druck. »Hörst du? Wenn du es behältst, ziehe ich aus …«

»Was soll diese Drohung?« Meine Mutter schaute mich mit unglücklichem Gesichtsausdruck an. Sie wirkte ein wenig fertig. »Können wir das nicht in Ruhe von Frau zu Frau besprechen?«

»Nein! Können wir nicht. Nicht wenn das Baby von … du weißt schon wem ist!«

»Voldemort?«

»Quatsch! Jetzt werd nicht albern! Das ist eine ernste Angelegenheit.«

»Doch wohl eher für mich«, sagte sie nervend ruhig.

»Also willst du auf mich keine Rücksicht nehmen«, zickte ich weiter.

Sie ließ sich nicht provozieren, hatte aber wohl auch nicht mehr so richtigen Bock auf eine weitere Diskussion. »Doch, schon … Ach, lass uns erst mal was anderes machen. Ich muss nachdenken und … dann gibt es ja auch noch den Kindsvater …«

»Eben!«

Sie sah mich äußerst verwundert an. »Was heißt eben?«

»Eben heißt eben«, pampte ich weiter rum. »Ich will mit dem nichts mehr zu tun haben!«

»Aber er hat ein Recht darauf, es zu erfahren.«

»Soll *ich* es ihm vielleicht sagen?«

Das wäre es ja noch. Vielleicht in einem Gedicht?

Ein Kindelein so zart und fein,
das soll unsre Freud und Wonne sein!

»Sei nicht albern. Natürlich werde ich es ihm selber sagen. Ich rufe ihn gleich an …«

Nun enttäuschte sie mich aber.

»Du willst es ihm am Telefon sagen?«

»Nein. Ich will mich nur mit ihm verabreden.«

»Aha. Und wo willst du dann mit der Sprache rauskommen? Bei *unserem* Italiener? Bei einem romantischen Candlelight-Dinner?«

Sie sah mich plötzlich sehr ernst an und in ihren Augen schimmerte es feucht, als sie sagte: »Du bist gemein. Ein Baby zu erwarten ist doch etwas Schönes …« Und leise fügte sie hinzu: »Besonders, wenn es von einem Mann ist, in den frau …« Sie brach abrupt ab.

… verliebt ist? Wollte sie das sagen?

Das war doch verrückt, das war komplett verrückt! Das war doch Schmierentheater! So was kam ja nicht mal in einer Soap vor. Das war eine echte Zumutung, die sich das Schicksal da leistete – schlimmer als Kakerlakensarg und Terroraquarium zusammen! Drehte Mama denn vollständig am Rad? Sie konnte doch nicht unser wunderbares gemeinsames Leben für ein Baby von diesem, diesem Piwi aufs Spiel setzen!

»Also willst du es tatsächlich hier bei uns aufziehen?«

Sie zögerte.

Na, immerhin.

»Ja … äh, nein … also, eigentlich doch … warum auch nicht!«

Krank, sie musste krank sein. Oder es gab da vielleicht noch eine andere Erklärung für ihr Verhalten?

»Sag mal, hast du Torschlusspanik? Laufen deine Hormone Amok?«

Das wäre immerhin eine plausible Erklärung.

»Du bist eine erfolgreiche Geschäftsfrau in den besten Jahren, siehst klasse aus, hast eine wohlgeratene Tochter, einen … ähm … jungen Lover …

Wozu, um Himmels willen, musst du auch noch ein Baby haben? Ich raffe es nicht! Du willst ihn doch nicht etwa heiraten deswegen?«

Meine Mutter stellte ein paar Teller in die Geschirrspülmaschine, dann drehte sie sich zu mir herum. »Also, ich muss das erst mal mit Pit besprechen. Genau wie ich es mit dir besprochen habe.«

»Er wird sich bedanken.«

»Das wäre schön …«

Als sie die Küche verließ, sah es aus, als schwebte sie einige Zentimeter über dem Boden.

Sie freut sich, dachte ich erschüttert, sie scheint sich tatsächlich zu freuen! Und verzweifelt rief ich ihr nach: »Er soll bloß nicht denken, er könnte dich heiraten!«

Sie drehte sich um und lächelte. »Also, da bin ich nun wieder ganz deiner Meinung!«

Dieses Ereignis überschattete in den folgenden Tagen alles.

Ich hatte nicht mal mehr Lust, meinen Flirt im Chat fortzusetzen. Zweimal versuchte ich es halbherzig, gab aber auf, als ich nicht gleich Kontakt bekam.

Nicht mal Hanna und Kati weihte ich ein. Aber Hanna merkte natürlich auch so, dass irgendwas schief lief, vor allem, nachdem ich sie auf die sauren Gurken angesprochen hatte.

Als ich ihr dann von der Schwangerschaft meiner Mutter erzählte, fand sie es längst nicht so tragisch wie ich.

»Eine kleine Schwester ist doch ganz witzig«, meinte sie. »Im Grunde komme ich mit Motte prima aus und ich kann mir ein Leben ohne sie gar nicht mehr vorstellen.«

»Und wenn es ein Junge wird? So ein richtig hässlicher kleiner Piwi?«

»Jungen sind nicht hässlicher als Mädchen.«

Aber damit konnte sie mich auch nicht trösten.

Um mich aufzuheitern, schleppten Hanna und Kati mich am Freitag zu Brians Konzert, aber selbst als seine Band zum Sieger der Vier-Chancen-Tournee erklärt wurde und als Local Hero einen Plattenvertrag bekam, konnte mich das kaum aufheitern.

»*Dein* Text, Mila«, schwärmte Hanna. »Ist dir klar, dass die jetzt *dein* Lied auf CD aufnehmen? Freu dich doch mal.«

Ich presste ein Lächeln in mein Gesicht, verließ aber die Siegesparty ziemlich bald.

Kein Mensch war zu Hause. Daher setzte ich mich an den PC und loggte mich endlich mal wieder in den Chat ein. Es erschien die Eingangsnachricht.

Wolkenkranich schwebt in den Chatroom.

Aber ansonsten tat sich erst mal wieder nichts. Klar, wenn Brian Pegasus war, dann feierte er mit seinen Leuten sicher noch voll ab. Vielleicht hätte ich doch noch bleiben sollen.

Ich blieb online, legte mich aber schon mal ins Bett. Tränen liefen mir über das Gesicht und ich wünschte mir nichts mehr, als dass Mama ein Einsehen haben und Piwi auf keinen Fall heiraten würde.

Ein Piepsen schreckte mich aus einem leichten Dämmerschlaf.

Jemand hatte den Chatroom betreten.

Pegasus springt in den Chatroom.

Pegasus: *Hallo, Wolkenkranich, auch mal wieder da?*

Wolkenkranich: *Ja.*
Pegasus: *Alles in Ordnung?*
Du bist etwas einsilbig.
Wolkenkranich: *Nee, geht schon.*
Pegasus: *Schreibst du an etwas Neuem?*
Wolkenkranich: *Keinen Bock.*
Pegasus: *Schöpferische Pause?*
Wolkenkranich: *Nee, schwangere Mutter!*

Himmel, war ich denn verrückt? Wie konnte ich das einfach so ausplaudern? Ich wusste es doch, diese Chats verleiteten einen zum reinsten Seelen-Striptease. Tja, zurücknehmen ging nicht mehr. Da blieb nur eins, raus aus dem Chat, ehe Pegasus weitere peinliche Fragen stellen konnte. Ich verdrückte mich schnellstens und schloss die Anwendung.

Mama erhörte mein Flehen nicht.

»Pit und ich haben über das Baby gesprochen«, eröffnete sie mir zwei Tage später in einem Frauengespräch am Kamin.

»Pit war so glücklich, dass er mir sogar einen Heiratsantrag gemacht hat.«

Obwohl sich damit die Dinge in die befürchtete Richtung entwickelten, traf mich ihre Eröffnung doch mehr, als ich erwartet hatte.

»Heiratsantrag!«, schrie ich sie völlig aufgelöst an. »Pit war so glücklich! Ist dir jemals bewusst geworden, dass du *sein* Glück mit *meinem* Unglück erkaufst? Ich kann nicht mit ihm und seinem Kind unter einem Dach leben! Wenn du mir das antust …« Ich fing an zu heulen. »Es war doch immer so schön mit uns, nur wir zwei. Allein in unserer Frauen-WG …«

Mama versuchte mich zu beruhigen. »Es kann

doch weiter schön bleiben. So ein Baby ist doch eine echte Bereicherung und so niedlich …«

Niedlich!

Natürlich, ich war ja nicht mehr niedlich. Ich war pubertär und zickig und nur gut genug, um ihr den Haushalt zu führen, Essen für sie zu machen, wenn sie selbst dazu zu müde war, und ihren Frisiersalon aufzuräumen. Wie wollte sie denn noch ein Kind aufziehen? Sie kam doch mit sich selbst nicht mal klar.

»Ich mach das nicht!«, schrie ich völlig verzweifelt. »Das bleibt doch nur an mir hängen! Ich will nicht für euer blödes Gör sorgen!«

Und in völliger Panik griff ich nach der Blumenvase, die auf der Anrichte stand, und knallte sie auf den Fliesenboden, wo sie in tausend Stücke zerbrach. Da lag sie nun, ein Symbol für all das Porzellan, das wir mittlerweile in unserer Beziehung zerschlagen hatten. Da gab es wohl nichts mehr zu kitten.

»Ich hasse dich! Ich hasse dich!«, schrie ich wie von Sinnen, raste in mein Zimmer und begann meine Reisetasche zu packen. Ich holte alle Scheine aus meiner Spardose und stopfte sie mir in die Hosentasche. Dann rannte ich aus dem Haus, stürzte in den Bus, der gerade an der Haltestelle stand, und fuhr zum Bahnhof.

Bis jetzt hatte ich allerdings keine genaue Vorstellung, wo ich eigentlich hinwollte. Hauptsache, weit weg.

Dann fiel mir Tante Berta ein. Bei der konnte ich bestimmt erst mal unterkriechen.

Und so kaufte ich mir eine Fahrkarte für den Regionalexpress und rannte zum Bahnsteig, um den letzten Zug nach Hamburg zu kriegen.

Aber auf dem Bahnsteig erwartete mich der nächste Schock. Da stand nämlich niemand anderes als Markus!

Wir starrten uns beide ziemlich fassungslos an. Er mich, weil ich so verheult und vermutlich wie ein Zombie aussah, und ich ihn, weil ich ihm in diesem Zustand natürlich nie und nimmer unter die Augen kommen wollte. Aber auch mein verzweifeltes Ausschauhalten nach einer Fluchtmöglichkeit half nichts.

Es blieben nur die Gleise. Und sich hinter einen Zug zu schmeißen war nicht effektvoll und vor den Zug ein irgendwie nicht gerade ästhetischer Tod.

Außerdem wollte ich nicht sterben, sondern mein Recht als Tochter einklagen! Piwi hatte schließlich überhaupt kein Anrecht auf meine Mutter. Na ja, fast keines, also jedenfalls wenn dieses blöde Baby nicht unterwegs wäre!

Ich wuchtete frustriert meine Reisetasche auf die Bank, die etwas verdreckt auf dem Bahnsteig stand.

Markus trat gleich zu mir und stellte seine Tennistasche daneben. Er sah dezent über meinen Zustand hinweg und fragte, als wäre nichts Besonderes los: »Hi, Mila! Auch noch so spät unterwegs? Hab mich im Tennisclub ein bisschen verquatscht. Wo soll es denn hingehen? Kleiner Wochenendausflug?«

Ich nickte und wischte mir dabei unauffällig die Tränen aus dem Gesicht. »Ich fahr zu meiner Tante! Nach Hamburg.«

Markus sah mich leicht irritiert an. »Ah, das tut mir jetzt aber Leid, dass ich dir das sagen muss, da bist du auf dem falschen Bahnsteig. Der letzte Zug nach Hamburg für heute fährt grade da drüben auf dem Gleis …«

Wie vom Blitz getroffen starrte ich in die Richtung, in die Markus zeigte. Tatsächlich, da fuhr ratternd ein Zug aus dem Bahnhof.

»Aber … aber … das … das … geht doch nicht. Den … den muss ich kriegen. Ich … ich … kann doch nicht wieder nach Hause gehen …«

Und dann war mir plötzlich alles so egal, dass ich neben meine Tasche auf die dreckige Bank sank und hemmungslos schluchzte. Was sollte ich denn jetzt nur tun?

Hanna und Kati kamen mir in den Sinn, aber ich war so fertig, dass ich überhaupt keinen klaren Gedanken fassen, geschweige denn irgendeine vernünftige Aktion planen konnte.

Markus schien das auch so zu sehen. Er setzte sich neben mich und sagte in therapeutischem Tonfall, als spräche er mit einer Schwerkranken: »Was hältst du davon, wenn du mit zu mir fährst? Du könntest bei uns übernachten und dann morgen früh den Zug nach Hamburg nehmen. Der hält bei uns nämlich auch. Was meinst du?«

Ich meinte eigentlich gar nichts.

Und weil er das offenbar merkte, sein Zug grade einlief und nicht mehr viel Zeit zum Überlegen war, nahm er seine und meine Tasche in eine Hand und zog mich mit der anderen von der Bank. »Komm, es ist auch für mich der letzte Zug und 'ne kalte Nacht mit dir auf dem Bahnsteig ist nicht unbedingt das, wovon ich träume.«

Er schmiss die Taschen in den Zug und schob mich hinterher.

Willenlos ließ ich es geschehen. Das Einzige, was mir durch den Sinn ging, als ich im Abteil saß und der Zug abfuhr, waren ein paar zusammenhangslose Zeilen aus dem Kranichgedicht. *So mag der Wind sie in das Nichts entführen … Aus einem Leben in ein andres Leben …*

»Komm«, sagte Markus leise und legte den Arm um mich. »Du bist ja ganz fertig. Mach die Augen zu. Ich sag dir, wenn wir da sind.«

Ich lehnte mich an ihn und schloss tatsächlich die Augen.

»Warum … warum tust du das für mich?«, murmelte ich erschöpft.

»Weil du es für mich auch tun würdest, stimmt's?«

Ich sah ihn plötzlich vor mir, wie er da nach seinem Sturz vom Pferd in seinem Blut gelegen hatte, und nickte.

Wir fuhren drei Stationen und dann noch ein Stück mit dem Bus. Anschließend mussten wir noch etwa zehn Minuten laufen, bis wir endlich den Hof von Markus erreichten. Als wir die Zufahrtsallee zum Hauptgebäude entlanggingen, war ich, wie schon auf unserer Klassenfahrt, außerordentlich beeindruckt von dem Anwesen.

Markus' Vater begrüßte mich überaus freundlich und ließ sich seine Überraschung, dass Markus so unverhofft ein völlig angegammeltes Mädchen mitbrachte, nicht anmerken. Die Haushälterin, die gerade Feierabend machen wollte, nahm mich unter ihre Fittiche und brachte mich zu einem der Gästezimmer.

Mir fiel ein, dass der Reiterhof ja auch Pensionsbetrieb hatte. Deshalb stellte es wohl wirklich kein Problem dar, mich unterzubringen. Der Gedanke beruhigte mich, denn ich wollte natürlich keine Umstände machen.

Ich quartierte mich ein. Dann brachte Markus mir noch einen kleinen Imbiss vorbei.

»Ruh dich aus«, sagte er, »aber lauf bitte nicht weg. Kannst fernsehen und Musik hören und wenn es dir langweilig wird und du Gesellschaft haben willst, hast du hier auf dem Zettel meine Handynummer.«

Das war lieb, aber ich war so fertig, dass ich nicht mal das Essen anrührte, sondern mich, sobald er gegangen war, mit allen Klamotten auf das Bett warf und bald in einen unruhigen Schlaf fiel.

Am nächsten Morgen weckte mich das Haustelefon. Es war Markus, der fragte, ob es mir besser ginge und ob ich mein Frühstück aufs Zimmer haben oder mit ihm essen wollte. Um meinen Zug nicht zu versäumen, beschloss ich aufzustehen. Im Gastraum saßen bereits einige Pensionsgäste, darum schlug Markus vor, ein Tablett mit Brötchen, Tee, Milch und Marmelade und Wurst mit auf sein Zimmer zu nehmen.

Es war das erste Mal, dass ich sein Zimmer betrat. Jungenzimmer sind irgendwie spannend. Sie sagen so viel über den Bewohner aus. Meistens darf man da als Mädchen gar nicht rein und ich empfand es deshalb als eine besondere Auszeichnung, dass Markus mir den Zutritt gestattete. Doch dann musste ich an Vanessa denken. Ob die auch hier gewesen war?

Es war leidlich aufgeräumt und als Erstes fiel mir ein großes Poster über seinem Bett auf. Nein, es war kein Popstar darauf, auch keine vollbusige Bikinischönheit. Es war eine Vergrößerung des Fotos, das Piwi von Markus und mir in Berlin gemacht hatte, als er auf das Flügelpferd geklettert war und mich zum Mitreiten überreden wollte.

Ich war baff. Warum hängte er sich denn so ein

Bild über sein Bett? Erst im nächsten Moment fiel es mir wie Schuppen von den Augen. Nein! Das, das konnte doch nicht wahr sein! Ich starrte das Bild an und stammelte: »Es … es … ist ein … *Pegasus*!!!«

Markus grinste. Offensichtlich war er ziemlich amüsiert über meine Verwirrung.

»Heißt das … heißt das, dass *du* es warst, der die ganze Zeit im Chat mit mir geflirtet hat?«

Nun war Markus doch ein bisschen verwundert.

»Du hast es wirklich erst jetzt gemerkt?«, fragte er erstaunt.

Ich konnte es kaum fassen. Wieso Markus? Wir hatten doch alle auf Brian getippt.

»Sag meinen Nickname!«, verlangte ich als letzte Gewissheit.

»Wolkenkranich«, sagte er mit voll cremiger Stimme.

»Dann … dann hast *du* mein Gedicht nach Berlin geschickt, zu dem Wettbewerb?«

Er nickte. »Ich habe den Flyer abgenommen und da stand alles über diesen Wettbewerb drauf. Warum nicht, hab ich gedacht. Dein Gedicht hat mir wirklich gefallen. Ein bisschen traurig vielleicht für ein Liebesgedicht.«

»Aber die Liebe ist doch auch traurig!«, warf ich heftig ein. »Sie bringt nur Unglück über die Menschen!«

Markus mochte mir nicht zustimmen. »Was für ein ganz und gar dummer Gedanke«, sagte er, während er das Frühstück auf einem kleinen Tisch vor seiner Sofalandschaft aufbaute. »Komm, wir essen. Wir können doch nebenher reden. Oder willst du immer noch nach Hamburg zu deiner Tante?«

Ich war noch wie betäubt von der Erkenntnis,

dass Markus mein Chat-Flirt war, und ließ mich wortlos auf einem der Polsterhocker nieder. Die Situation hatte sich grundlegend geändert und mir hatte es erst mal die Sprache verschlagen. Daher frühstückten wir ziemlich schweigsam. Das lag wohl daran, dass ich außer den Brötchen noch ganz andere Dinge verdauen musste, die ich Markus einfach noch nicht anvertrauen konnte. Aber nach Hamburg wollte ich nicht mehr.

Ob ich Mama mal eine SMS schicken sollte? Sie machte sich sicher Sorgen darüber, wo ich wohl abgeblieben war. Wenn sie bei meinen Freundinnen angerufen und mich da nicht gefunden hatte, war sie bestimmt total beunruhigt. Ich kramte mein Handy aus der Hosentasche und sagte entschuldigend zu Markus: »Ich gebe nur mal eben meiner Mutter Bescheid, dass ich hier bin.«

»Ist schon okay.«

Nach dem Frühstück gingen wir hinunter in den Hof. Die Sonne schien und die Pferde steckten neugierig die Köpfe aus den Ställen, als wir vorbeigingen. Wieder musste ich an Vanessa denken. Warum hatte er sie eigentlich eingeladen? Jetzt, wo ich wusste, dass er Pegasus war, wurde ich richtig eifersüchtig auf sie. Vielleicht bin ich ja doch in ihn verliebt, dachte ich erstaunt. Aber dann sollte diese Zicke bloß ihre Griffel von ihm lassen und sich ja nicht einbilden, sie könnte sich genauso an ihn ranschmeißen wie an Piwi seinerzeit! Seelenverwandtschaft! Doch nicht mit der!

Bei einem der Pferde blieb Markus stehen. Ich erkannte es sofort. Es war Sarabande, die Araberstute, auf der ich meinen Teufelsritt gemacht hatte.

Als Markus ihr die Nase tätschelte, wirkte sie

kein bisschen wild. Sie schnaubte leise und stupste Markus sanft mit ihrem weichen Maul.

»Wollen wir ausreiten?«, fragte Markus.

Das meinte er doch jetzt nicht ernst? Ich sah ihn verschreckt an. Noch mal musste ich so ein Wildwestdrama wie bei der Klassenfahrt wirklich nicht haben. Er lachte, weil mir meine Gedanken wohl ins Gesicht geschrieben standen.

»Du brauchst keine Angst zu haben. Ich nehme Sarabande und du bekommst eins von den Schulpferden. Ruby ist zum Beispiel eine ganz Liebe.« Er zeigte auf eine relativ kleine Stute, die mich unter ihren langen Wimpern hindurch mit großen braunen Augen anschaute.

»Ich … ich kann das nicht«, versuchte ich mich trotzdem zu drücken. Aber irgendwie schaffte Markus es dann doch, mich aufs Pferd zu kriegen, und wenig später ritt ich tatsächlich an seiner Seite in die Botanik.

Ruby war wirklich lammfromm und Markus gab mir auch immer früh genug Hinweise, wie ich sie zu führen hatte.

An einem Bach machten wir Rast, banden die Pferde an und setzten uns an die Uferböschung. Ich hatte das Gefühl, diese Stelle zu kennen, und dann stieg in mir die Erinnerung auf. Er hatte sie mir einmal beschrieben …

»Ist das die Stelle, wo deine Mutter tödlich verunglückt ist?«, fragte ich vorsichtig.

Er nickte, ging aber nicht weiter auf das Unglück ein. »Willst du mir erzählen, warum du von zu Hause weggelaufen bist? Hängt es mit der Schwangerschaft deiner Mutter zusammen?«, fragte er stattdessen.

Ich zuckte erschreckt zusammen. Konnte er Gedanken lesen? Woher wusste er denn das schon wieder? Aber dann fiel mir ein, dass ich es ja im Chat unvorsichtigerweise ausgeplaudert hatte.

Irgendwie hatte ich immer noch nicht richtig realisiert, dass ja *er* es gewesen war, mit dem ich da so vertraut gechattet hatte, und nicht Brian. Wie merkwürdig, nach den vielen virtuellen Dates jetzt hier real neben Pegasus zu sitzen.

Und wie viel schwieriger, so konkret miteinander zu reden. Ich starrte auf den dahinplätschernden Bach. Alles fließt – was gestern war, ist heute schon Vergangenheit …

War ich wirklich ein Beziehungskrüppel, wie Hanna mal behauptet hatte? Drückte ich mich vor einer echten Beziehung, indem ich mir immer Typen aussuchte, bei denen von vornherein klar war, dass ich sie nicht haben konnte? Piwi nicht, weil er mein Lehrer und der Lover meiner Mutter war, Brian nicht, weil er sich nur für seine Musik interessierte und mit Mädchen nicht wirklich etwas anfangen konnte?

Hatte ich ganz unbewusst um Markus immer einen Bogen gemacht, weil er der Einzige war, der mir wirklich gefährlich werden konnte? Der ganz konkret was von mir wollte? Wie bescheuert war denn das? Ich seufzte tief.

»Ich komme mir vor wie in Venedig«, sagte Markus trocken.

»Wie bitte?«

»Na, auf der Seufzerbrücke. Sprich dich doch aus«, ermunterte er mich. »Bleibt alles unter uns.«

Er nahm eine Hand voll kleiner Steine und warf sie nacheinander ins Wasser.

»Was stört dich an der Beziehung deiner Mutter zu Pit Winter?«, fragte er dann sehr direkt.

Sarabande schnaubte leise im Hintergrund.

Ach je, woher wusste er denn das nun schon wieder?

»Also, wer das nicht gemerkt hat, der musste Melonen auf den Augen haben. So wie du den armen Kerl in Berlin abgestraft hast.«

Ich war bestürzt. »Hab ich das? War das wirklich so auffällig?«

»Na ja, vielleicht nicht für jeden, aber für so sensible Menschen wie mich schon«, sagte er ironisch. »Außerdem bin ich ja inzwischen ein echter Mila-Experte.«

Spinner!

»Was ist, warum gönnst du ihn deiner Mutter nicht?«

Ich kriegte Panik. Wie kam der Typ dazu, mich so festzunageln? Ich konnte ihm doch nicht alles über Piwi und mich erzählen, das war doch megapeinlich. Ich hatte ja selbst meinen besten Freundinnen gegenüber nur zarte Andeutungen gemacht. Ich zögerte. Hatte Markus meine Schreckreaktion gespürt? Jedenfalls wechselte er abrupt das Thema.

»Ich komm oft hierher«, sagte er. »Und immer, wenn ich hier sitze, wünsche ich mir, meine Mutter würde noch leben. Sie war so wichtig für mich. Es ist unglaublich, wie sie mir fehlt.«

Das konnte ich gut verstehen.

»Sie war einfach immer da und ich habe natürlich gedacht, das würde immer so bleiben. Und dann war sie so plötzlich weg. Und nichts war mehr wie davor.« Er nahm wieder ein paar Steinchen auf und warf sie in den Bach. »Ich hab so vieles nicht mehr gutmachen können, womit ich ihr manchmal das Leben schwer gemacht habe. Ich bin nicht immer rücksichtsvoll mit ihr umgegangen. Das schmerzt mich am meisten.«

Ich legte unwillkürlich meine Hand auf seinen Oberschenkel. »Es tut mir so Leid«, flüsterte ich.

Er sah mich kurz an, dann sagte er ernst, während er auf das Wasser schaute. »Mach es besser, Mila.«

Und dann summte er *Sorry seems to be the hardest word.*

Auf einmal redete ich doch. Ich erzählte ihm alles, wirklich alles. Ich schimpfte, ich weinte, ich versuchte tapfer zu sein. Ich beschönigte nicht, blieb realistisch und glaubte dabei stellenweise in einem Albtraum zu sein. Markus hörte schweigend zu. Irgendwann ergriff er meine Hand, die immer noch auf seinem Oberschenkel lag, und ließ sie nicht mehr los.

Das war alles an Reaktion.

Schließlich schwieg ich erschöpft und wischte mir Tränen und Rotz aus dem Gesicht.

Da gab er meine Hand frei, stand auf und trat ans Wasser. Er kehrte mir den Rücken zu, während er sprach.

»Eltern sind eben nicht nur Eltern«, sagte er. »Sie sind auch Menschen mit einem Anspruch auf ihr eigenes Glück. Mein Vater zum Beispiel ist sehr einsam jetzt. Ich hab mir auch schon oft die Frage gestellt, wie ich reagieren würde, wenn er eine andere Frau hierher bringen würde.«

»Und wie würdest du reagieren?«, fragte ich höchst interessiert.

Er hob die Schultern und ließ sie in einer hilflosen Geste wieder fallen. »Ich weiß es wirklich nicht. Aber ich glaube, dass wir kein Recht haben, unseren Eltern das Glück nicht zu gönnen, das wir für uns selbst ja auch erhoffen.«

Er kam zu mir zurück, reichte mir seine Hand und zog mich von der Uferböschung hoch. Direkt in seine Arme.

Sein Kuss war weich und warm und lecker. Ach was, berauschend. Nein, himmlisch! Ich wusste nun, warum der Junge Markus hieß. Das kam wohl von Kuss – Mar-Kuss.

Wir ritten zurück und als wir die Pferde abgerieben hatten und gerade in den Stall zurückführten, fragte ich ihn wie beiläufig, warum er denn eigentlich Vanessa zu sich eingeladen hatte.

Er grinste mich frech an. »Und warum hast du Brian einen Song getextet?«

»Hast du deshalb versucht, mich mit Vanessa eifersüchtig zu machen?«, fragte ich einigermaßen verblüfft. Sehr bemerkenswert, dass er sich nur deswegen Vanessa angetan hatte. Heroisch!

»Sie war nur in der Pension und hat sogar dafür bezahlt wie die anderen Reitgäste«, sagte er und lächelte dabei ein wenig teuflisch. »Sie steht echt auf mich.«

»Aber du … du hast doch nichts mit ihr?«, fragte ich dennoch sicherheitshalber nach.

»Und du hast doch wohl nichts mit Brian, oder? Und Pit Winter ist auch abgehakt?«

Ich nickte. Stimmte ja auch – oder?

»Hast *du* mich eigentlich in Berlin so aus dem Hinterhalt geküsst?«, fragte ich.

»Wer wohl sonst? Das Phantom der Oper?«

»Ich dachte, es wäre die Muse der Dichtkunst gewesen!«

Wir lachten und küssten uns erneut, bis eine weiche Pferdeschnauze dazwischenging. Igitt! Jetzt hat mich tatsächlich ein Pferd geknutscht!

Markus schob Sarabandes Kopf weg, während er belustigt sagte: »Nicht eifersüchtig werden, meine Alte! Du nicht auch noch!«

Dann rief ich meine Mutter im Frisiersalon an und klärte sie erst mal über die Situation auf.

»Was machst du ausgerechnet bei Markus?«, fragte sie erstaunt. Aber sie klang vor allem erleichtert.

»Oh, Mama, das tut mir alles so Leid, ich war so, so … egoistisch, ich …«

Sie unterbrach mich. »Das müssen wir jetzt nicht am Telefon klären«, sagte sie. »Soll ich dich irgendwann abholen?«

»Macht es dir nichts aus? Du bist nicht böse?«

Ich hörte sie leise lachen. »Doch, ich bin böse, aber es macht mir trotzdem nichts aus, dich abzuholen.«

Sie holte mich dann doch nicht ab. Stattdessen bekam ich einen Anruf von Pit Winter, der mir mitteilte, dass Mama ganz plötzlich ins Krankenhaus gekommen war. Ich schob sogleich Panik.

»Ich muss sofort zu ihr«, war meine völlig hysterische Reaktion, was sonst eigentlich eher nicht meine Art war.

Wenigstens musste ich nicht den Zug nehmen, weil Markus' Vater mich freundlicherweise in die Stadt fuhr.

»Wir sehen uns am Montag in der Schule«, sagte Markus zum Abschied. »Ich drück dir die Daumen, dass es mit deiner Mutter nichts Ernstes ist.«

Auf der langen Autofahrt machte ich mir dennoch heftige Sorgen. Aber ich grübelte auch über Markus und mich nach.

War er wirklich der Richtige, der Junge, den ich wollte? Ich war doch gar nicht in ihn verliebt. Verliebt war ich doch in Brian, das heißt eigentlich ja in Pegasus, von dem ich angenommen hatte, er sei Brian, dabei war er doch Markus ... Liebes Lieschen, mir schien, als wirbelte in meinem Kopf alles durcheinander.

Pegasus! Ich hatte ihm so viel zu verdanken, vor allem den Schreib-Workshop ...

Aber Mila Schnauze und der Klassenmacho? Das war doch unmöglich! Ich konnte Markus nicht lieben. Und ehrlich gesagt hatte ja auch er nicht mit einer Silbe von Liebe gesprochen. Sicher hatte er mich nur geküsst, weil Mann das einfach so tat in solchen Situationen. Quasi wieder so eine Art erste Hilfe für ein Mädchen in einer kritischen Lebenslage. Reiner Samariterkomplex von ihm.

Andererseits – was das Küssen anging, hatte er den Liebestest meiner Freundinnen mit Glanz und Gloria bestanden.

Mr Right, Mr Right ...?

Markus' Vater fuhr mich gleich zum Krankenhaus. Mama lag auf der Gynäkologie in einem Zweibettzimmer mit einer anderen Frau, deren dicker Babybauch sich unter der Bettdecke wölbte. Sie sah etwas blass um die Nase aus.

Als ich an ihr Bett trat, öffnete sie die Augen. »Ach, Mila, schön, dass du kommst. Wäre aber nicht nötig gewesen, ich kann morgen schon wieder nach Hause.«

Ich seufzte erleichtert auf. »Was ist denn überhaupt passiert? Warum bist du hier?«

»Eine Fehlgeburt. Ganz plötzlich. Ich war grade dabei, der Frau des Bürgermeisters eine besonders schöne Dauerwelle zu machen. Pech. Nun wird sie bestimmt wirklich nie mehr im Leben zu mir kommen.«

»Du Arme, hat es doll wehgetan?«

Mama schüttelte den Kopf. »Nein, eigentlich gar nicht. Es war wie bei einer starken Periode. Es ist mir nur seltsam vorgekommen wegen der Schwangerschaft. Da ist das ja schon ungewöhnlich. Na ja, darum bin ich dann in der Mittagspause mal schnell zu Dr. Dieter gefahren und der hat mich dann gleich hierher geschickt.«

Ich sah sie besorgt an. »Und jetzt ist mit dir alles wieder okay? Wirklich?«

Sie nickte. »Wirklich.«

»Und du bist nicht traurig, dass du das Baby verloren hast?«

»Nein, Mila. Ich hatte mich ja noch gar nicht richtig an den Gedanken gewöhnt, noch ein Kind zu bekommen. Und wenn ich mein anderes Kind dadurch wieder zurückgewonnen habe ...«

Beschämt senkte ich den Kopf. »Mama, es tut mir so Leid, wie ich mich benommen habe und so ... aber ich habe mir alles noch mal überlegt und ... ich ... ich hätte mich schon damit abgefunden ...«

Mama setzte sich auf und mit einem Blick auf ihre Bettnachbarin sagte sie: »Mila, es ist hier nicht ganz der passende Ort, aber wir müssen wirklich miteinander reden. Von Frau zu Frau. Ich habe den Eindruck, es sind Dinge zwischen dir und Pit passiert, die ich wissen sollte. Ich fühle mich in der Beziehung seit unseren letzten Auseinandersetzungen nicht mehr wohl. Und weil das so ist, bin ich ehrlich gesagt nicht ganz so traurig, dass es mit dieser Schwangerschaft nicht geklappt hat.«

Ich ging Montag nicht zur Schule, weil ich Mama morgens mit dem Taxi aus dem Krankenhaus abholte. Rumpelstilzchen würde es verkraften. Markus schickte mir eine besorgte SMS und Hanna und Kati rief ich selbst in der großen Pause an, um ihnen zu erklären, was los war. Sie wollten mich bei Frau Kempinski entschuldigen.

Ich machte es Mama im Wohnzimmer vor dem Kamin schön gemütlich und als wir leckeren Brombeertee tranken, war es so schön wie früher und nun erzählte ich ihr alles von Pit Winter und mir. Sie hätte es längst wissen sollen.

»Ich werde Pit verlassen«, sagte sie plötzlich völlig überraschend. Aber ihre Stimme war fest und klar. »Kein Mann ist es wert, dass wir uns seinetwegen streiten.«

»Aber ... aber du kannst ihn haben!«, brauste ich auf. Hatte sie mich denn nicht verstanden? »Du brauchst nicht meinetwegen mit ihm Schluss machen.«

»Das tue ich ja auch gar nicht. Weißt du, Mila, diese Schwangerschaft hat mir einiges klar gemacht. Pit ist ein junger Mann, der gerade eine feste Anstellung bekommen hat. Und er träumt den Traum vieler Männer in seinem Alter und in seiner Position. Er will ein Haus bauen, einen Baum pflanzen und eine Familie gründen und so weiter und so weiter ...« Mama sah erst in ihre Teetasse und dann ins Kaminfeuer. »Verstehst du? Aber alles, was er sich noch erträumt, habe ich in meinem Leben schon längst verwirklicht. Ich habe ein Haus, einen gut gehenden Frisiersalon, jede Menge Bäume im Garten und eine wunderbare Tochter. Ich kann und will nicht noch mal von vorne anfangen. Nenn mir mal einen Grund, warum ich nicht glücklich sein sollte mit der Situation, so wie sie ist?«

Ich musste sie wohl ziemlich verpeilt angestarrt haben, denn als sie sich jetzt zu mir drehte, lachte sie schon wieder. »Ab und zu mal ein Kerl, das ist schon ganz okay, aber bitte nicht fürs ganze Leben!«

Nun grinste ich auch. Das war meine Mama, wie ich sie kannte. Es hätte mich doch sehr gewundert, wenn sie für Piwi plötzlich zum Heimchen am Herd mutiert wäre.

Am Abend ging ich dann in den Chat und hoffte, dass Markus da sein würde.

Er war da.

Pegasus prescht in den Chat.

Pegasus: *Hallo, Wolkenkranich. Alles paletti?*

Wolkenkranich: *Alles paletti.*

Pegasus: *Und? Hast du mir nichts zu sagen?*

Wolkenkranich: *Was denn zum Beispiel?*

Da hatte ich jetzt aber rein gar nichts auf dem Schirm.

Pegasus: *Zum Beispiel die Antwort auf eine Schlüsselfrage.*

Wolkenkranich: *Schlüssel?*
Was für einen Schlüssel?

Pegasus: *Zu meinem und deinem Herzen!*

Und plötzlich war wieder der ganze Bildschirm voller Herzen und mittendrin drehte sich ein goldener Schlüssel. Scherzkeks, hatten wir Märchenstunde?

Klar, dass er sich wieder blitzartig aus dem Staub gemacht hatte.

Natürlich waren Hanna und Kati total aus dem Häuschen, als ich ihnen am nächsten Morgen die völlig chaotische Entwicklung der Dinge erzählte.

Als wir eifrig schwatzend an der Schule ankamen, verbaute Markus mir am Schultor den Weg. Er grinste mich superfrech an und sagte im unverfälschten Markus-Machosound: »Mila, es ist mir jetzt total egal, ich kann an meinen Gefühlen nichts ändern und wenn du es nicht sagst, dann sage ich es eben: Ich liebe dich!«

Und als er mich vor aller Welt und der giftgrün anlaufenden Vanessa in den Arm nahm und küsste, da hatte ich ihn plötzlich in der Hand, den Schlüssel, nach dem er gefragt hatte. Lachend gestand ich ihm und mir endlich ein: »Ich dich doch auch!«

ENDE

Bei Thienemann von Bianka Minte-König
u. a. bereits erschienen:
Generalprobe
Theaterfieber
Herzgeflimmer
Handy-Liebe
Mobile Phone Love
Hexentricks & Liebeszauber
Liebesquiz & Pferdekuss
Liebestrank & Schokokuss
Superstars & Liebesstress
Schulhof-Flirt & Laufstegträume
Knutschverbot & Herzensdiebe
Esmeraldas Fluch
SMS aus dem Jenseits
Schule der dunklen Träume

Falls du Lust hast, Bianka Minte-König eine Mail zu schicken oder ihre Homepage zu besuchen – hier die Adresse:
www.biankaminte-koenig.de
autorin@biankaminte-koenig.de

Minte-König, Bianka:
Liebestest & Musenkuss
ISBN 3 522 17676 6

Reihengestaltung: Birgit Schössow
Einbandillustration: Birgit Schössow
Innentypografie: Marlis Killermann
Schrift: Stempel Garamond und Spumoni
Satz: KCS GmbH, Buchholz/Hamburg
Reproduktion: Medienfabrik, Möglingen
Druck und Bindung: Friedrich Pustet, Regensburg

5 4 3 2 1* 04 05 06 07

Thienemann im Internet: www.thienemann.de